당신과 나란히 걷고 싶은

마음을 담아서

나란히
걷는다는 것

이동희 에세이

나란히

걷는다는 것

나 자신과 나란히,

장애와 나란히,

주변 세계와 나란히.

차례

프롤로그 · 14

제 1장 　 '시옷'을 '지읒'처럼

여의도 왕복 10차선 · 25

셀프 가스라이팅 · 36

취약해질 때까지 허락하는 순간 · 42

벽 안에 갇힌 외로움 · 53

미련 가득한 화양연화 · 63

불편하지만, 불행하지는 않은 · 70

사도세자와 마도카 · 83

행복한 무직 · 94

제 2장 나란히 걷는다는 것

사랑의 또 다른 이름 · 107

휴대폰 케이스 속 여자아이 · 113

슬기로운 평범한 사람들 · 122

등잔 밑이 어둡다더니 · 132

무자비한 다듬이질 · 145

삶이 우리를 벗어나지 않도록 · 157

복이가 가르쳐준 삶의 진리 · 167

나란히 걷는다는 것 · 178

차례

제 3장 │ **작고 귀여운 역사**

어른들의 비즈니스 · 189

아저씨와 초등학생 · 197

사랑은 모양이 없다 · 208

잘 먹고, 잘 사랑하는 · 216

우리 손자 큰 사람 · 224

지극히 개별적인 감수성 · 234

고양이의 야생 · 246

죽음 앞에서 나는 어떤 표정을 하고 있을까 · 254

밤하늘의 별 같은 하루 · 263

감사의 말 · 268

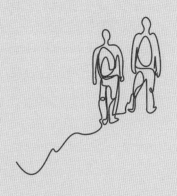

프롤로그

    대학교 3학년쯤이었을 거다. 시간표를 잘못 짜서 생겨 버린 공강 시간에 캠퍼스를 방황하다가 서울대 교내 교보문고에 발길이 닿았다. 읽을 만한 책을 고르다가 홀린 듯 한 권의 책을 집어 들었다.

    러시아 대문호 톨스토이가 쓴 〈사람은 무엇으로 사는 가〉라는 소설이었다.

    그러게 말이다. 대관절 사람은 무엇 때문에 살아갈까? 사람은 무엇이 있어야 버티고 견디는 힘을 가질 수 있을까? 저돌적인 질문에 톨스토이가 내린 답은 무엇일까?

    도무지 책을 펼쳐보지 않고서는 참을 수 없는 제목이었다. 이 소설에는 구두를 만들어 생계를 연명하는 가난

한 부부 이야기가 나온다. 제화공 세묜과 그의 아내 마뜨
료나가 이야기의 주인공이다. 이들 부부는 어느 날 예배
당 앞에서 얼어 죽어가는 사람을 발견했다. 지나치려 했
지만, 괜히 마음이 쓰였다. 결국, 다시 돌아와 그를 구하
고 돌보았다.

'미하일라'라는 이름을 가진 그는 사실 하느님께 벌을
받아 날개를 잃고 지상으로 떨어진 천사였다. 아무도 자
신을 돕지 않을 거라는 체념의 끝에서 세묜 부부에게 구
원을 받은 것이다.
미하일라는 세묜을 따라 구두 만드는 일을 배우며 인
간들을 관찰하기 시작한다. 죽어가는 자신을 가엾이 여긴

세묜과 마뜨료나 덕분에 미하일라는 첫 번째 미소를 지었다. 사람 안에 무엇이 있는지 깨달았기 때문이다. 사람의 마음속에는 타인을 애틋하고 가엾이 여기는 마음, 즉 '측은지심의 사랑'이 있음을 알았다.

하루는 어떤 사람이 1년을 신어도 망가지지 않는 장화를 주문하러 왔다. 하지만 그 사람이 그날 저녁에 죽게 되리라는 것을 예견한 천사 미하일라는 두 번째로 미소 지었다. 무엇이 사람에게 주어지지 않았는지를 깨달았기 때문이다. 사람에게는 자기 몸을 위해 무엇이 필요한지 아는 능력이 없다.

이후 부모를 잃고 굶주림에 죽기 직전이었던 아이들을 데려와 자식처럼 키운 여인을 만났을 때 미하일라는 마지막으로 미소 지었다. 비로소 사람이 무엇으로 사는지 깨달았기 때문이다. 모든 사람이 자신에 대한 염려가 아니라 '사랑'으로 살아감을 알았다. 모두가 스스로 계획해서 살아가는 것이 아니라, 사람 안에 있는 사랑 덕분에 살아가고 있음을 깨닫는다. 마침내 미하일라는 하느님께 용서받고 다시 찬란한 광채를 되찾는다.

고작 30p의 짧은 단편을 읽었을 뿐인데, 나는 서둘러 책을 덮고 말았다. 페이지가 펼쳐져 있으면 벅차오른 감

16

정이 금세 휘발될 것만 같았기 때문이다. 도대체 어떻게 하면 이렇게 간결하면서도 멋진 이야기를 쓸 수 있을까. 특별히 종교를 가지고 있지 않은 나 역시 당장에라도 하느님의 은총을 믿고 싶을 만큼 온종일 벅찼다.

흔히들 인생은 홀로 세상에 왔다가 홀로 떠나는 것이라고 말한다. 그래서일까, 삶은 자주 고독하고 가혹하다. 어디 그뿐일까. 자주 불안하고, 무너지고, 사무치는 외로움에 괴로워진다. 스스로 삶을 그려보고, 미래를 계획하고, 지금의 나를 다독여도 쉬이 나아지지 않을 때가 많다.

그럴 때마다 나를 일으켜 세우고 다시 씩씩하게 만드는 건 분명 다른 사람과의 추억과 다정한 온정이었다. 홀로 태어나고, 홀로 죽지만, 그렇다고 해서 사는 것까지 구태여 홀로 살 필요는 없지 않은가. 고단하고 외로울 때마다 타인에게, 사물에게, 장소에게, 세계에게 마치 어린아이처럼 마음껏 기대며 살아왔던 것 같다.

꼭 한 번은 톨스토이처럼 '내가 무엇으로 사는지'에 대한 이야기를 남겨보고 싶었다. 그 모든 것들이 전부 좋았기 때문에 시각적으로 재현해 책에 담고 싶었다. 생각나는 것들을 쓰고, 선별하고, 엮다 보니 자연스럽게 '나 자신과 장애에 대한 이야기, 주변과 부대끼고 마주하는 이야기, 내가 바라보는 세상에 대한 이야기'라는 세 개의 챕터로 나뉘게 되었다.

지금까지 나는 이 책에 들어가는 이야기의 주인공들이 내가 청각장애를 갖고 살면서 짊어진 외로움, 비참함, 열등감들을 보듬고 해소해 준다고 생각했다. 하지만 책을 다 쓰고 나서 깨달았다. 주변의 배려와 온정을 수동적으로 흡수하는 것만으로는 완벽하게 해소할 수 없다는 것을. 내가 나의 모습을 있는 그대로 긍정하고, 부정적인 감정으로부터 벗어나려는 유쾌한 의지가 있어야만 비로소 해소할 수 있다는 것을. 항상 주변에서 내 손을 잡고 이끌어 준다고 생각했지만, 사실은 나란히 걷고 있었다. 나 자신과 나란히, 장애와 나란히, 주변 세계와 나란히.

다 쓰고 보니 내가 좋아하는 것들과 어떻게든 세상과 '나란히 걷고 싶은' 나의 강력한 의지를 고스란히 담은듯해 참 마음에 든다. 그걸 발견했더니 은근히 울컥하고 감회가 새롭다. 자기가 쓴 글에 자기가 먼저 감동을 받을 줄 알아야 한다고 어느 작가가 그랬는데, 적어도 나에게는 의미가 생긴 셈이었다.

이 책은 내가 보고, 듣고, 느낀 나의 역사를 돌아보며

'나는 무엇으로 사는지' 스스로 고민하고 발견해 보려 애쓴 기록의 흔적이다. 나는 나를 구성하고 있는 −요컨대 청각장애나 개인적이고 은밀한 취향 같은− 것과 내 주변 −사람, 사물, 장소 등− 을 관찰하며 그것들이 나를 어떻게 변화시켰는지에 대해 썼다.

그렇다 보니 지극히 주관적인 경험이 많이 담겨 있어서 내가 의도했던 대로 전달이 잘 되지 않을까 염려스럽다. 그래서 이 글에 드러나는 나의 가치관, 취향, 장애, 추억이 있는 사람이나 장소 등 소재들은 지극히 개인적이지만, 그만큼 나의 개별적인 경험들이 보편적인 감정과 감상으로 이어지는 과정이 오롯이 담겨질 수 있도록 무던히 노력했다. 이 책을 펼친 독자에게도 유의미한 이야기가 될 수 있다면 기쁠 것 같다.

나는 늘 불안하고 외로운 우리들에게 무엇이 우리를 웃고 씩씩하게 만드는지 내 이야기를 들려주고 싶었다. 작게나마 나란히 걷는 것만으로도 삶에서 여태 몰라봤던 것들을 발견하고, 덜 외로워지고, 더 자주 웃을 수 있다는 나의 확신을 공유하고 싶었다.

나는 공강 시간에 캠퍼스를 떠돌다 도착한 서점에서 우연히 사람은 무엇으로 살아야 하는지 말해주는 '인생

책'을 발견했다. 그 책과 닮은 책을 쓰고 싶다는 바람에서 출발한 글에서 좋아하는 것들과 나란히 걷고 싶은 내 마음을 발견했다. 그 간절한 마음이 이어져 이 책이 독자님에게 우연한 선물이 되길 바란다. 하얀 눈 내리는 2024년의 어느 겨울날, 당신과 함께 나란히 걷고 싶은 마음을 담아 전한다.

2024년 겨울,
작업실에서

제 1장

—

'시옷'을 '지읒'처럼

여의도 왕복
10차선

청각장애인으로 살면서 느끼고 겪은 이야기를 담았던 전작, <안 들리지만, 그래도>를 출간하고 꽤 오랫동안 방황했다. 부지런히 다음 책을 쓰고 싶었지만 많이 미뤄질 수밖에 없었다.

이유가 뭐냐고 묻거든, 도저히 청각장애에 관한 책은 또 쓰고 싶지 않았다. 왜 그렇게까지 청각장애에 관한 책을 쓰고 싶지 않아 했는지 이유를 정확히 잘 모르겠다. 한 가지 추측할 수 있는 건, 한 친구가 악의 없이 했던 말에 있었다.

"네 책 진짜 재미있게 잘 읽었다. 동희야. 〈안 들리지만, 그래도〉 2탄은 언제 나오니?"

잘 읽었다고 하니 무척 고맙지만, 차기작 주제를 진지하게 고민하고 있던 나로서는 '안 들리지만, 그래도 2탄'이라는 표현이 꽤히 거슬리고 짜증이 났다. 내가 어떤 글을 쓰더라도 '차기작'이 아니라 〈안 들리지만, 그래도〉의 두 번째 버전'으로 보일 것 같았다. 반항심이 생겨 절대 쓰지 않으리라 다짐했다.

〈안 들리지만, 그래도〉를 2020년 가을에 썼으니, 새 원고를 기획하기까지 3년이 훌쩍 넘는 시간이 지난 셈이다. 3년간 무수한 고민과 방황을 거듭했던 것 같다. 재능이 없는 게 아닐까 하는 자괴감과 극심한 자기혐오에 오래 시달렸다.

시도를 아예 해보지 않은 것은 아니다. 다양한 장르의 글을 계속해서 썼다. 어렸을 때부터 역사, 철학, 심리학 같은 인문학을 좋아했으니 인문학적인 주제로 글을 써보기도 하고, 자유롭게 마음껏 소설을 써보기도 했다. 다른 길이 있을까 싶어 아르바이트, 취직, 유튜브도 해보고, 조소과 전공을 살려 무언가 그리거나 만들어 보기도 했다.

그러나 뭘 하든 번번이 실패했다. 오히려 내 빈곤한 밑천만 다시 확인하는 계기가 되었다. 오랫동안 용기를 잃었다. 이제는 내가 글을 쓰는 이유조차 알 수 없는 기분이었다.

다시 책을 내야겠다는 용기가 난 것은 최근의 일이다. 나에게는 여태까지 잃어버린 용기를 한순간에 되찾은 듯 꽤나 극적이었던 순간이어서 그날의 날씨와 온도, 냄새, 장소, 사람이 여전히 선연하다.

새순이 돋지만 아직은 쌀쌀했던 2023년의 초봄이었다. 답답한 마음에 스트레스를 풀고 싶어서 친구 건이, 원이와 약속을 잡았다. 한식 배달 전문 프랜차이즈를 운영하고 있는 건이의 마감 시간에 맞춰서 밤늦게 가게 앞으로 모였다. 항상 밤늦게 만나서 이야기꽃을 피우고, 새벽 3~4시가 되면 건이가 차로 집에 데려다준다. 하루 종일 가게 영업을 하느라 본인이 가장 피곤할 텐데, 고맙게도 매번 집까지 데려다준다.

건이와 원이는 호탕하고 직설적이다. 종종 독설에 가까운 말을 날려 상처를 받을 때도 있지만, 늘 도움이 되는 말만 하는 똑똑한 친구들이다. 작품에 자주 영감을 주는 애들이어서 고마운 마음이 많다. 가게 마감을 끝낸 건이와 원이가 비로소 자리에 앉자마자, 나는 푸념을 늘어놓기 시작했다.

"도대체 뭘 써야 잘 썼다고 소문이 날까?"
"지난번에 쓴 책보다 더 잘 쓰려면 어떻게 하지?"
"고전 명작처럼 사람들의 삶을 변화시키고 교훈을 줄수 있는 멋진 책을 쓰고 싶어. 논문이나 자료를 열심히 찾고 공부해서 각주도 달고. 어때?"

앞에 사람을 앉혀두고 혼자 실컷 떠들고 나니, 그제야 건이와 원이가 한심한 표정을 짓고 있는 것을 발견했다.
"나는 네가 왜 이렇게 힘들게 먼 길을 돌아가려는지 잘 모르겠다." 건이가 아주 한심하다는 표정으로 말했다.
"진짜 도저히 못 들어주겠네." 원이가 고개를 끄덕이며 건이의 말에 동조했다.

내가 지난번 책보다 더 잘 쓰고 싶다는 마음이 뭐가 잘못된 것이냐며 반문하자, 친구들은 정확하게 고쳐서 대답했다.

"그런 뜻이 아니야. 네가 '잘 쓰고 싶은 마음'을 지적하는 게 아니라, 네가 '잘 쓸 수 있는 이야기'를 두고 다른 곳에서 답을 찾고 있는 게 이해가 안 돼." 하고 건이가 지적했다.

그 말에 나는 "내가 잘 쓸 수 있는 이야기가 뭔데?" 하고 물었다.

나의 물음에 건이는 "너는 청각장애인이잖아. 왜 그 이야기를 안 하려고 해? 자꾸 고전 명작 같은 딴소리만 하고." 말했다.

이러한 건이의 말에 나는 그만 황당해져 반항심 가득한 마음으로 쏘아붙였다.

"뭐야? 내가 청각장애인이면, 청각장애에 관한 책만 써야 한다는 거야?"

"물론 그런 건 아니지. 하지만 난 네가 청각장애인으로서 보여줄 수 있는 이야기가 참 매력적이라고 생각하거든." 건이가 이렇게 말하자, 원이가 고개를 끄덕이며 다음 말을 보탰다.

"동희야, 청각장애는 네 삶이고, 네 일부잖아. 네가 다음 단계로 넘어가기 위해 거쳐 가는 단계 따위가 아니잖

아. 어렸을 때부터 미술을 전공했고, 서울대학교를 졸업했고, 지금은 글을 쓰고 책도 출간했지. 그런 이야기를 가진 청각장애인이 또 있을까? 단언컨대 없을 거야. 그건 네가 가진 유일무이한 무기라고! 사람들이 너를 기억하게 만들 강력한 이야기라고! 그걸 왜 활용을 안 하겠다는 거야? 너 바보야?"

친구들의 말에 나는 잠시 입을 다물었다. 그들이 내게 해주는 충고가 무슨 말인지 잘 알지만, 그 주제로 책은 쓰고 싶지 않았던 생각은 이미 고이고 고여 단단한 고집이 되어버린 탓이었다. 잠깐의 침묵을 깬 것은 건이였다.

"동희야."
"응."
"너 지난번 새벽에 내가 집에 데려다줄 때 우리가 했던 대화 기억나?"
"무슨 대화?"
"거기, 여의도 왕복 10차선 도로에서 한 이야기 있잖아."
"여의도 왕복 10차선?"

말했다시피 새벽까지 이야기꽃을 피우고 나면 건이는

늘 자신의 차로 우리를 집까지 데려다준다. 건이네 가게에서 우리 집까지 가노라면 꼭 여의도의 금융가가 있는 여의대로를 지나게 된다.

새벽 4시의 여의도 금융가는 낮의 여의도와는 딴판이다. 하늘 높이 솟은 빌딩들은 모두 불이 꺼져 있어 으스스함을 자아낸다. 가로등은 켜져 있지만 인적이 전혀 없어 으스스함이 배가 된다. 아득한 빌딩들 사이로 드넓은 10차선 도로가 가로지르는데, 사방 천지에 그 흔한 택시조차 없다. 넓은 여의도 땅을 전세 낸 듯한 기분은 실로 오묘하고 저릿하다.

여의도 사거리 신호에 걸려 대기하던 중, 캄캄한 차 안에서 건이는 조수석에 앉은 나에게 자꾸 말을 걸어왔다. 어둠 속에서 아무리 애를 써도 건이의 입모양이 보이질 않았기 때문에 알아들을 수가 없었다. 순간적으로 전혀 알아듣지 못하는데 자꾸 말을 걸어오는 건이에게 짜증이 났다. 홧김에 천장에 있던 조명을 켜고는 퍅 성질을 냈다.

"아! 깜깜해서 못 알아듣겠어! 뭐라고 하는 거야?"
"응? 깜깜해서 못 알아듣겠다는 게 무슨 말이야?"
"입모양이 안 보이잖아! 전혀 못 알아듣겠어."
"오, 오, 그렇구나! 우와..."
"우와는 무슨 우와야?"

잔뜩 심통이 난 나와는 달리 건이는 무척이나 신기해했다. 도대체 뭐가 그리 신기한가 싶었더니, '시끄러워서 못 알아듣겠다'는 말은 자주 들어봤어도, '깜깜해서 못 알아듣겠다'는 말은 처음이라 너무 신선하고 신기했다고 한다.

여의도 왕복 10차선의 신호는 꽤 길고 지루했다. 우리 차 한 대뿐이었지만 신호등은 속절없이 우리와 관련 없는 신호만 내보내고 있었다. 그동안 건이는 은은한 천장 조명 밑에서 "입모양이 안 보이면 알아듣기 힘드냐, 소리만 듣고 알아듣는 건 불가능하냐, 그럼 지금까지 내 입모양을 보고 있던 거냐..."하며 계속해서 나에 대해 물어보면서 마치 신기하고 재미있는 이야기를 듣는 어린아이처럼 눈을 빛내며 이야기를 경청했다.

"기억나지. 내 귀에 대해 이야기했던 날?"

"그래."

"그게 뭐 어쨌는데?"

"난 그날, 너를 더 잘 이해할 수 있게 됐어. 대화는 귀로 하는 줄 알았는데, 눈으로 하는 사람도 있었구나, 싶었거든."

"동희야. 그거 알아? 난 이제 여의도만 지나가면 네 생각이 나."

"아, 진짜?"

"응. 여의도만 지나가면 자동으로 네 생각이 나. 그 새벽에 너와 차 안에서 했던 그 이야기가 도저히 잊히지가 않아. 여의도만 지나가면 그 대화가 녹음된 듯이 머릿속에서 재생이 돼. 그게 네 이야기가 가진 힘이야. 굉장히 재밌었다고. 이게 내가 하고 싶은 말이야."

그제야 나는 건이와 원이가 전하고 싶었던 말이 무엇인지 이해할 수 있었다. 쿵 눌러앉은 바위가 치워진 듯 눈앞이 선명해졌다. 늘 벗어나고 싶었고, 부끄럽게 느껴졌던 나의 장애는 독특한 이야기를 만들어 냈다. '깜깜해서 못 알아듣겠다'라는 표현이 내게는 자연스러운 일상인 나머지, 건이에게는 충격적인 관점이었다는 걸 나도 그때 처음 깨달았다.

청각장애와 나는 떼려야 뗄 수 없는 불가분의 관계다. 온 일생을 장애와 함께 했으니, 청각장애와 관련 없는 글을 쓰고 싶다고 한 나의 욕심은 스스로를 무시하는 교만함에 불과했다. 청각장애에 관한 글을 구태여 쓰지 않아도, 나의 이야기에는 남들이 할 수 없는 표현들이 담겨 있으리라. 그게 바로 건이와 원이가 그토록 알려주고 싶었던 나의 '유일무이한 무기'였다.

내가 언제까지 글을 쓰고, 책을 만들지는 잘 모르겠다. 질리지 않고 계속할 수도 있고, 몇 년 후에는 다른 일에 재미를 붙이고 있을지도 모르겠다. 다만, 몇 가지는 확실해졌다. 아직은 쓰고 싶은 글, 하고 싶은 이야기가 많다는 사실이다. 그리고 앞으로 내가 뭘 하든지 이제 용기가 쉽사리 쓰러질 일은 없을 것 같다. '여의도 왕복 10차선'과 같은 이야기들이 주는 힘을 잊지만 않는다면.

셀프
가스라이팅

"너는 장애가 있으니 남들보다 몇 배는 더 노력해야 해. 사람들은 네가 실수하거나 부족하면 네가 의도하지 않아도 장애가 있어서 그런 거라고 동정하거나 얕볼 거야."

어릴 때부터 질리게 들었던 말이다. 부모님에게서, 초등학교 담임 선생님에게서, 피아노 학원 선생님에게서, 심지어 대학교 교수님도 이런 말씀을 하셨다. 정말이지 수많은 어른들로부터 들었던, 내게는 참으로 진부한 레퍼토리다.

어릴 때는 당연하게 받아들였다. 장애란 사전적 정의로 신체 기관이 본래의 제 기능을 다하지 못하거나, 어떤 결여가 있는 상태를 의미하기 때문이다. 결여가 있는 만큼 그 공백을 '몇 배의 노력'으로 메꿔야 한다는 말은 가만 들으면 일리 있는 말이기에 어느 정도 납득이 되었다.

살면서 여러 청각장애인들을 만나고, 어린 시절의 이야기도 나누면서 한 가지 공통점을 발견했다. 어른들로부터 들은 조언들 대부분은 항상 말의 앞에 '너는 귀가 불편하기 때문에'가 붙는다는 사실이었다.

"귀가 불편하기 때문에 상대방이 말할 땐 꼭 눈과 입에 집중해...그래야 친구를 사귈 수 있어...받아쓰기 시험 잘 봐. 그런 걸 점수를 잘 받아야 다른 사람들이 너를 얕보지 못할 거야..."

결코 어른들이 잘못 가르치거나 틀린 조언을 했다는 말이 아니다. 설령 지금까지의 노력이 어른들로 말미암은 수동적인 노력이라고 하더라도, 그 노력 자체를 폄훼할 생각은 추호도 없다. 오히려 그런 노력들 덕분에 지금 이 자리에 있게 된 것이니 오히려 감사할 따름이다.

하지만 '장애가 있기 때문에 몇 배의 노력을 기울여야 한다'라는 말은 다르게 말하면, 장애인 본인이 스스로 부족하고 결여된 사람으로 느끼기 쉽다. 즉 불필요한 '자격지심'이 생겨난다.

자격지심이란 스스로 부딪치는 마음을 말한다. 스스로를 형편없고 보잘것 없게 느끼는 감정이다. 장애처럼, 스스로 부족하고 결여되도록 여기는 요소들은 우리를 손쉽게 열등감과 자기연민에 빠지도록 만든다. 장애아동을 키우는 부모님들이 "몇 배로 노력해야 해"라고 말씀하는 것도 어쩌면 자녀들의 장애가 자기 때문일지도 모른다는 자격지심에서 비롯된 것이 아닐까.

스물세 살 때, 패밀리 레스토랑에서 첫 아르바이트를 했었다. 성인이 되면 아르바이트를 해보고 싶다고 늘 생각했기에, 스물세 살은 꽤 늦은 나이였다. 솔직히 말하면 겁났다. 장애 때문에 면접부터 걸러질 것 같았다. 소통이 어렵다는 이유만으로 새로운 사람들을 만나는 것조차 두려웠다. 용기를 낼 수 있던 것은 친구가 같이 하자고 몇날 며칠을 설득했기 때문이었다.

다행히 큰 어려움 없이 패밀리 레스토랑의 주방에서

근무를 시작하게 됐다. 홀 전체를 둘러볼 수 있고, 손님들을 직접 마주 보는 오픈형 주방에 배치됐다. 무전을 들을 수 없기 때문에 샐러드바 상황을 직접 보면서 실시간으로 조리할 수 있는 라인이었다. 정말 실수가 잦았다. 요리에 무언가 재료를 까먹고 넣지 않거나, 들고 옮기다가 발을 헛디뎌 엎어버리기도 했다. 기물이나 그릇도 여러 번 깨트렸다.

내가 실수할 때마다 선배들과 상사들은 늘 위로하고 북돋아 줬다.

"처음이니까 그럴 수 있어. 그렇게 적응하는 거야."

그러나 이런 따뜻한 위로를 들어도 자책하는 마음을 쉽게 지울 수는 없었다.

자격지심의 가장 무서운 힘은 구태여 그럴 필요 없는 것까지 모두 갉아먹는다는 것이다. 부정적인 마음을 먹고 자라 집채만큼 부풀어 오른 결핍은 나를 통째로 잡아먹는다. 모든 초래된 상황과 결과가 나의 결여된 모습 때문이라고 여기도록 만든다. 장애와 전혀 연관이 없는 실수조차도 '내가 이런 사람이라서 그래'라는 위험한 말과 손쉽게 치환해 버린다.

자격지심은 '셀프 가스라이팅'같다. 자신의 능력을 과소평가하고, 단점이 장점을 모두 잡아 먹어버리는 슬픈 마음이다. 겸손과 자격지심은 둘 다 스스로를 기꺼이 낮춘다는 점에서 종이 한 장 차이에 불과하다. 하지만 그 의도는 천지 차이다. 낮춤으로써 오히려 드높이는 겸손과는 다르게, 자격지심은 말 그대로 낮춤으로써 드러내지 않게 하는데 그 의도가 숨어있다.

어느 날, 자격지심을 견디지 못한 나머지 스스로 패밀리 레스토랑 점장님을 찾아갔다. 내가 무전을 들을 필요가 없는 라인에 배치된 것이 주방 전체에 도움이 안 되는 것은 아닌가 하는 생각이 들었기 때문이다. 나는 점장님에게 "저를 무전을 들으며 음식을 조리하는 주방 내부로 보내주셔도 되요"라고 말했다. 스스로 무슨 말을 하는지도 모른 채, 연민에 휩싸여서 어떻게든 노력해 보겠다는 무책임한 말만 반복했다.

"네가 노력한다고 해서 무전을 완벽하게 들을 수는 없지 않니? 난 너한테 배려를 해준 게 아니라, 그저 네게 알맞은 자리를 배치해 줬을 뿐이야. 소심한 친구는 손님들이 보이지 않는 주방 안쪽에 배치했고, 힘이 약한 친구는 디저트나 샐러드를 만드는 라인에 배치했어. 귀가 불편한 친구는 무전을 들을 필요가 없는 라인에 배치하면 되는 거야. 대신 너는 팔 힘이 꽤 세서 무거운 그릇도 쉽게 들잖니? 능력껏 자기 자리에서 할 수 있는 걸 하면 돼."

이렇게 현명하고 사려 깊었던 점장님 덕분에 다행히 자격지심에 완전히 매몰되기 전에 빠져나올 수 있었다. 그 말이 얼마나 위로가 되었는지 모른다.

내가 할 수 있는 일을 하는 것, 맞지 않는 옷을 억지로 몸에 끼우려 하지 않는 것, 요행에 기대어 범위 밖의 보상을 바라지 않는 것, 후회하지 않되 최선을 다하는 것, 가진 것에 있는 힘껏 기뻐하고 만족하는 것이 중요하다.

살다 보면 안팎으로 늘 자신을 억압하고 짓누르는 언행을 자주 목도하게 된다. 말과 행동에 담긴 파괴적인 무례함을 인지하고 방어하기 위해서는 분명 마음의 건강을 단련하는 일이 중요하다. 몇 배로 노력하지 못했다며 스스로에게 비난의 화살을 돌리는 일은 없어야 할 것이다.

셀프로 가스라이팅을 당해야 한다면, 기왕 긍정적으로 당하는 편이 낫다. 조금 더 뻔뻔하게, 더 너그럽게, 더 유쾌하게.

취약해질 때까지
허락하는 순간

나는 외로움을 잘 탄다. 그리고 외로움을 잘 견디는 법도 안다. 인내심이 약할 때 사무치게 외로워하기도 하고, 인내심이 강할 때는 혼자서도 씩씩하게 잘 보내기도 한다. 중간이 없어서 늘 감정 기복이 심하다. 매우 외롭거나, 매우 멀쩡하거나.

그래서일까. 어렸을 때부터 '외로움'에 관심이 많았다. 왜 사람은 외로움을 많이 탈까? 혼자서는 살아가기 어렵게 설계된 이유가 뭘까? 사회가 고도화되면서 더욱 그렇게 변한 것일까? 이 주제에 대해 주변 사람들과 자주 토론하거나, 이것저것 자료도 많이 찾아봤다.

그중 나를 확 잡아끌던 이야기는 '찰스 다윈'의 역작, '종의 기원'에 나오는 이야기였다. 원시 인류는 천적으로부터 자신을 보호하기 위해 '연대'라는 강력한 무기를 사용했다는 것이다. 날개를 가진 새, 날카로운 발톱을 가진 맹수, 체온을 보호할 수 있는 두툼한 털을 가진 짐승들에 비하면 인간이 가진 육체적인 장점은 빈약하거나 없는 편이다. 그래서 인간은 똘똘 뭉쳤다. 협력해서 사냥하며 식량을 비축했다. 비록 시작은 생존을 위해서였지만, 서로에 대한 협력과 유대가 인간을 지구상에서 가장 강력한 종으로 만들었다.

인간이 외로움을 많이 타는 까닭은 다름 아닌 '살아남기' 위해서였다. 원시 인류는 야생에 놓아진 자신이 얼마나 연약하고 여린 종인지 스스로 알고 있었다. 혼자서는 버틸 수 없다는 것을 알게 되었을 때, 그들은 얼마나 좌절했을까. 날개도, 발톱도, 이빨도, 두툼한 털도 없다는 사실이 얼마나 모멸스러웠을까. 결국, 인류는 타인과의 협력을 통해 종족 유지의 답을 찾았다.

필사적으로 살아남기 위한 투쟁을 하루하루 이어온 까

마득한 선배님들에게는 죄송한 말씀이지만, 너무 낭만적이다. 강하다고 믿은 유전자들은 모두 절멸하고, 여리고 다정한 유전자만 살아남아 지금의 번성한 인간 왕국을 세웠다는 사실이.

소위 '외롭지 않은 상태', 흔히 '사랑'이나 '우정'이라고 부르는 관념들은 외로움의 반대말로 알려져 있다. 하지만 나는 외로움의 반대말은 '자존심'이라는 생각이 든다.

요즘은 자존심이 매우 중요한 가치가 되었다. 사람들은 자신의 체면을 위해 많은 노력을 들인다. 자신의 여리고 무른 측면을 드러내길 두려워한다. 약점을 잡히거나 물어뜯길 수 있다고 생각한다. 수만 년의 생사를 가르는 투쟁에서 간신히 벗어났지만, 이제 자신의 체면을 지켜야 하는 또 다른 야생에 놓아진 셈이다. 취약함을 극복하기 위해 서로를 필요로 했던 우리지만, 이제는 취약함을 숨기기 위해 외로워지는 선택을 하는 것이 아이러니하다.

저마다 숨기고 싶은 자신의 취약한 면들이 하나씩은 있다. 남에게 들키고 싶지 않은 것. 나의 경우엔 '장애'가 그러했다. 세 살 때 40도가 넘는 고열로 인해 청신경이 녹아내리며 얻게 된 이 장애는 내 인생을 송두리째 바꿔놓기에 충분했다.

귀에 낀 거추장스러운 보청기는 사람들의 시선을 사로잡기 딱 좋은 아이템이었다. 중학교 때, 보청기를 관리해 주시던 청각사 선생님께서 수술로 인공와우를 달면 더 잘 들을 수 있다고 하셨다. 어떻게 생긴 물건이냐고 여쭸더니 착용 예시 사진을 보여주셨다. 귀 위쪽의 두피를 절개하고 자석 비슷한 내장 기기를 심은 뒤, 동그란 형태의 외부 장치를 부착하는 형태였다.

'아니, 보청기만 해도 부끄러운데, 인공와우까지 달고 살아야 된다고?'

부모님은 하길 바라는 눈치였지만, 나는 한사코 거절했다. 차마 부끄러워서라고 말할 수 없었다. 보청기만으로도 충분히 잘 들린다고 안심시켜 드렸다.

내가 중, 고등학교를 다니던 시기는 '샤기 컷' 같은 헤어스타일이 유행했다. 쉽게 말해서 삐죽빼죽 깃털 같은 중단발 스타일을 연상하면 편하다. 구레나룻이 귀를 한참 덮고, 뒷머리는 와이셔츠의 깃에 닿을 만큼 길게 기르는, '투블럭 컷'이나 '가르마 컷'같이 단정한 헤어스타일이 유행하는 오늘날 보면 다소 촌스러운 모양새다.

나는 그 시대를 풍미했던 '동방신기', '빅뱅', '샤이니' 같은 남자 아이돌들에게 무한한 감사를 보냈다. 그들이 샤기 컷을 하고 나타나 무릇 여학생 팬들의 마음을 한껏 사로잡고 전국에 대유행시켰으니, 덕분에 부끄러운 보청기를 마음껏 가릴 수 있었다.

나에게 있어 장애는 부끄러움과 동일한 말이었다. 그것은 곧 나의 취약함, 콤플렉스, 약점이 되었다. 남들이 나를 얕잡아보지 않으려면 반드시 숨겨야만 하는 것으로 취급되었다. 그럴만했다. 늘 '장애가 있으니까 몇 배 이상 노력해야 한다'는 말을 듣고 살았으니까. 장애란 철저히 숨기거나, 극복해야만 하는 대상에 불과했다. 청신경이 녹아내렸던 세 살 때부터 지금까지 수십 년 동안 나는 있는 힘을 다해 장애를 들키지 않으려 노력했다. 그건 굳은살처럼 박혀버린 아주 단단한 자존심이 되었고, 또 외로움이 되었다.

나의 장애를 숨기고 받아들이지 않았기에 다른 사람들에게도 도움을 요청하기 어려웠다. 홀로 중국집에 전화해 짜장면을 주문하는 것조차 타인의 손을 빌려야 한다니, 자존심이 허락하지 않았다. 식욕을 참지 못해 몇 번 친구에게 부탁한 적이 있었다. 친구가 대신 주문을 해주며 카톡으로 남긴 메시지가 아직도 기억에 남는다.

[일단 전화는 해줄게... 근데 빨리 여친 만들어서 앞으로는 여친한테 해달라고 해라~]

내가 너한테 부탁하는 것도 한참을 고민했는데, 여자친구한테 부탁을 하겠니? 절대 안 하지 이 녀석아!

연애와 결혼도 늘 두려운 고민이었다. 연인이 힘들 때 전화로 위로해 줄 수 없네? 보청기를 빼고 자는 도중에 아기가 울면? 화재 경보가 울리면? 동반자나 자녀가 다쳐서 119에 직접 전화를 걸어야 하는 상황이 오면?

이렇게 일어날 수 있을 법한 온갖 상황을 상정하고, 늘 의지해야만 하거나 무력한 내 모습을 상상했다. 죽었다 깨어나도 이런 모습을 연인에게 보여주고 싶지 않았다. 그 모습을 보이지 않는 것이 나의 존엄이었다. 장애는 최대한 숨기는 게 맞다고 생각했다. 드러내서 좋을 건 없었다.

"동희는 청각장애인이지만, 전혀 장애인처럼 보이지 않는 것 같아! 멋있고 대단해."

지금 생각해 보면 굉장히 슬프고 차별적인 말이지만,

47

학창 시절에는 가장 뿌듯하고 자랑스러웠던 칭찬이었다.

서울대학교에 입학해서 조별 과제를 하다가 만난 여자 친구와 연애를 하면서 지금까지의 내 가치관이 얼마나 비극적인 것이었는지 비로소 깨달았다.

매사 적극적이고 활발했던 여자친구는 나의 장애에 대해 꼬치꼬치 캐묻곤 했다. 태어날 때부터 청각장애를 갖고 있었던 것이냐, 부모님도 청각장애인이시냐, 주변에 아는 청각장애인 친구들이 있느냐, 농인과 청각장애인이 뭐가 다르냐, 수어를 할 줄 아느냐, 보청기는 어떤 원리로 작동하는 것이냐, 보청기와 인공와우의 차이점이 뭐냐, 들린다면서 왜 알아듣지 못하는 거냐...등등.

나는 그녀의 말을 알아듣지 못하거나, 나도 몰라서 답을 못할 때가 많았다. 그녀는 내가 알아듣지 못해도 대수로워하지 않았다. 자기 호기심을 충족시키는 것이 더 중요한 사람처럼 포기하지 않고 눈을 빛내며 꿋꿋이 되물었다.

장애를 숨기는 것이 무엇보다 중요했던 나는 조금씩 부담감을 느꼈다. 스스로도 장애를 이만큼 관심 있게 들여다보고 깊이 알려고 하지 않았기 때문이다. 어떻게 하면 잘 숨길 수 있을까, 평생 그 궁리만 하면서 살았으니 말이다. 겁이 나기 시작했다. 그녀가 던진 질문은 분명 내게도 중요한 질문이었다. 내가 진작에 했어야 할 일을 그녀가 대신하고 있는 것이 비참했다. 그녀의 질문에 대답하기 위해 내 장애를 마주해야만 하는 것이 두려웠다.

눈치가 빨랐던 여자친구는 어느 날, 지나가는 말로 이렇게 물었다. "너 혹시…네가 장애가 있는 게 부끄러워?"

텍스트로 그 순간의 감정을 온전히 형용할 수 없다는 사실이 안타깝기만 하다. 이 질문은 가장 매섭고 날카로운 창으로 내 심장과 폐부를 꿰뚫어 버리는 느낌이었다. 속옷까지 몽땅 발가벗겨져 길거리에 내동댕이쳐진 기분이었다. 가장 알리고 싶지 않은 비밀이 가장 들키고 싶지 않은 사람에게 너무도 순수하고 무자비하게 들켜졌다. 나는 긍정도 부정도 하지 못하고 버벅거렸다. 얼굴이 확 달아오르고, 진땀이 싹 흘렀다.

여자친구는 내가 장애를 가지고 있는 것이 싫었다면 애초에 고백을 받지 않았을 거라고 말했다. 내 고백을 받은 것은 장애를 동정해서가 아니라, 조별 과제에 매번 참

여하고 성실하게 준비하는 모습이 마음에 들어서였다고 한다. 전화 통화를 못 해서 영상통화만 해야 했던 것이 오히려 좋았단다. 늘 얼굴을 마주 볼 수 있으니 좋았고, 나에게 예쁜 모습만 보여주고 싶어서 게으름을 참고 씻어야 했던 것이 자기에게도 도움이 되었다며 웃었다.

그리고 자기도 어렸을 때 자전거를 타다가 사고로 허벅지가 크게 찢어져서 수십 바늘을 꿰맨 커다란 흉터가 있다고, 그래서 절대 치마를 입지 않는다고 고백했다. 항상 청바지만 입고 다녀서 "청바지가 잘 어울리는 여자~ 밥을 많이 먹어도 배 안 나오는 여자~"라며 노래 가사로 놀리곤 했는데, 그런 사연이 있는 줄은 몰랐다.

"난 너 있는 그대로가 좋아. 자기 할 일 열심히 하고 성실한 게 마음에 들어. 네가 좋으니까 귀가 불편한 것도 다 품어져. 내일 만날 때 치마 입고 나갈게. 너도 나한테는 부끄러워하지 않으면 좋겠다. 시도 때도 없이 까부는 것만 좀 고쳤으면 좋겠는데."

신림역에서 내려서 5번 출구 계단을 올라가며, 출구 앞에서 나를 기다리고 있던, 처음으로 치마를 입은 여자친구를 보았던 그날을 선연히 기억한다. 그녀의 오른쪽 다리 무릎 위로 길게 살이 울룩불룩 흉측하게 아물어 있었다. 아무래도 자꾸 신경이 쓰이는 듯, 식당에서 카페에서 자꾸 가방이나 카디건으로 제 다리를 가리곤 했지만 상관없었다. 그 어느 때보다 눈부시게 환하고 아름답기만 했다.

바보 같지만 그때 생각했다. 어쩌면 다정한 오늘을 위해 그렇게 오랫동안 괴로워했던 걸까 하고. 나는 장애가 남들에게 어떻게 보일까를 두려워했지만, 내 장애는 성격처럼 그저 나의 또 다른 한 부분이었을 뿐이었다. 내가 그 아이의 흉터마저 사랑스럽게 느낀 것처럼, 그 아이도 내 장애마저 사랑스럽게 느꼈던 것일까.

진정한 자존심이란 자신의 연약하고 무른 면을 당당하게 긍정하는 모습에서 나오는 것이 아닐까 한다. 어쩌면 자신이 취약해질 때까지 허락하는 순간이 바로 사랑이 아니었나 싶다. 여리고 취약한 면도 부정할 수 없는 나의 일부라는 것을 있는 그대로 긍정하는 데서 생기는 마음의 힘은 알량하게 내세운 자존심보다도 훨씬 씩씩하고 단단했다.

덕분에 지금은 전혀 귀를 가리지 않는다. 미용실에 가서도 시원하게 귀 주변 헤어 라인을 깔끔하게 밀어달라고 말씀드린다. 디자이너 선생님은 아무것도 묻지 않고 예쁘게 다듬어 주신다. 여자친구를 만들어서 걔한테 부탁하라고 하던 친구는 투덜거리면서도 여전히 짜장면을 주문해 준다. 다행히 요즘은 배달 앱 덕분에 부탁하는 빈도가 줄어들었다.

일상 속의 작고 사소하지만 다정한 선의를 매일 마주치면서, 나는 아주 많이 덜 외로워졌다.

벽 안에 갇힌
외로움

내 작업실은 망원동에 있었다. 칼국수가 저렴하고 맛있는 망원시장 건너편 한적한 골목길에 있는 아담한 작업실이었다. 약 15평 남짓의 원룸에 친구 푸우, 딤채와 함께 사용했다. 15평이 그리 작지는 않은 크기지만, 그렇다고 세 명이 사용하면 그리 크지도 않은 면적이다.

가죽 브랜드를 키우는 꿈을 가진 푸우와 딤채는 가죽을 펼쳐놓고 재단할 수 있는 큰 테이블과 미싱기가 필요했다. 글을 쓰고 책을 읽는 것을 좋아했던 나는 책상과 널따란 서재를 갖고 싶었다. 부피가 큰 장비와 가구들을 쑤셔 넣듯이 집어넣고 나니, 어느새 작업실 안은 발 디딜 틈

없이 빼곡해졌다.

현실이 이렇다 보니 망원동 작업실에서는 우리 모두가
사생활을 보장받을 수 없었다. 가벽이라도 세우고 싶었지
만 공간이 턱없이 부족했다. 남들에게 보여주고 싶지 않
은 내밀한 글을 쓰노라면 친구들이 뒤를 지나가면서 쉽게
훔쳐볼 수 있었다. 깊은 몰입의 순간은 번번이 깨트려졌
다. 그런 점들이 아쉬웠지만 함께 복작이며 응원을 주고
받는 시간으로 달랬다.

2년 뒤에 망원동 계약이 끝나고, 영등포 선유도에 두
번째 작업실로 함께 이전했다. 같은 금액인데 면적은 두
배나 큰 33평의 공간이었다. 망원동에서 쓰던 장비와 가
구를 몽땅 가져와도 여유로웠다.

같은 공간에서 복작이며 작업을 하는 것은 분명히 즐
거운 일이다. 하지만 망원동 작업실을 쓰던 2년 동안 방
해받지 않는 나만의 공간을 갖고 싶은 욕구가 머리끝까
지 차올랐다. 새 작업실은 욕구를 채우기에 충분히 넓은
공간이었다.

"충분히 넓으니까 가벽을 세워서 각자의 방을 만드는
건 어때?" 나는 설레는 마음으로 제안했다. 모두가 찬성

했다. 목수를 불러 이곳저곳에 가벽을 세웠다. 부엌이 있는 곳에 냉장고와 식탁, 소파와 여인초를 두고 휴식 공간으로 만들었다. 가장 큰 공간에는 친구들의 작업 테이블과 미싱기를 뒀다.

가벽을 세우고 남은 방들을 각자 한 개씩 나눠 가졌다. 나는 책장을 더 증축했다. 편하게 앉아서 책을 읽을 수 있는 작은 소파도 장만했다. 그래도 공간이 남아서 빔프로젝터까지 설치했다. 생생한 몬스테라까지 데려오고 나니 활기가 돌았다. 한동안은 일에 깊게 몰두하는 황홀한 기쁨을 누렸다.

그러나 얼마 지나지 않아 금세 외로워지기 시작했다. 왜 외로워지는지 이유를 알 수 없었다. 혼자 있다고 해서 무조건 외로운 것은 아니기 때문이다. 사람들이 방에서 혼자 넷플릭스나 유튜브를 본다고 외로움을 느끼지는 않는 것처럼 말이다.

외로움 그 자체는 힘이 없다. 사람이 외로움을 인지할 때만 힘을 갖는다. 그건 혼자이고 싶을 때와, 혼자라는 사실을 깨달을 때의 차이다. '주말에 하루 종일 귤 까먹으면서 영화나 봐야지!'라고 생각하고 스스로 밀폐된 방에 들어가 취미 생활을 즐기는 사람은 외롭지 않다. 어느 사교

모임에 갔는데 나만 빼고 다들 친해 보이면 그 사람은 외로움을 느낀다.

혼자 있기를 원해서 직접 요청한 나만의 공간에, 원하던 대로 혼자 있는데도, 외롭다고 느끼게 된 이유는 다름 아닌 '소리' 때문이었다. 작업실 벽들은 철근으로 만들어진 벽이 아니라 목수가 석고보드로 뚝딱 만든 가벽이었기 때문에 방음이 잘 되지 않는다. 푸우와 딤채의 말소리가 벽을 타고 들려오기 시작했다. 무슨 대화인지는 분별하지 못하지만, 적어도 둘이 서로 대화를 나누고 있다는 것 정도는 알 수 있었다.

나는 벽 너머에 사람이 있다는 사실을, 내가 혼자 있는 것이 아니라는 사실을 인지하고 말았다. 다른 억양, 높낮이가 다른 음정, 불규칙적인 대화의 리듬, 이따금 터져 나오는 웃음소리들. 무슨 웃긴 이야기를 했기에 저렇게 웃는 것일까?

글을 쓰다가도, 책을 읽다가도 자꾸 들려오는 말소리가 매우 거슬렸다. 나는 외로웠다. 망원동 작업실에서는 전혀 그렇지 않았는데. 사람이 보이고 안 보이고, 벽이 있고 없고가 이렇게 큰 차이가 나리라곤 예상하지 못했다.

둘이 무슨 이야기를 나누기에 그렇게 즐거울까? 도저히 호기심을 참을 수 없어서 방문을 열고 나가면 놀랍게도 거기에 친구들은 없다. 각자 자기 방에서 문을 닫고 할 일을 하면서, 벽을 가로질러 대화를 하고 있었다.

벽의 용도는 공간을 나누고 보호하는데 있다. 벽 안에서 일어나는 일을 벽 밖에서 알 수 없도록 지켜준다. 푸우와 딤채는 벽이 있어도 얼마든지 소통을 할 수 있다. 동시에 벽 안에서 사생활까지 보호할 수 있다. 벽이 가진 순기능을 아주 완벽하게 활용했다. 반면, 나에게 벽은 그야말로 완전한 단절을 의미했다. 친구들은 나날이 새 작업실에 대한 만족감이 높아져 갔지만, 나는 점점 외로워졌다.

얼굴을 봐야만 대화가 가능한 탓에 친구들과 대화를 하려면 다른 방으로 건너가야만 했다. 필요할 때마다 건너가서 말을 거는 바람에 오해를 받기도 했다.

"넌 일 안 하냐? 왜 이렇게 자꾸 쏘다녀? 작업실을 놀려고 오냐?"

당시에는 나만 산만하게 이 방, 저 방을 건너다닌 것은 사실이기 때문에 반박할 수가 없었다. 이 작업실에 있을 때마다 생기는 외로움의 원인이 무엇인지 곰곰이 추론해 보고 나서야 알게 됐다. 친구들은 벽을 사이에 두고도 주고받을 수 있는 것들이 많지만, 나는 물리적, 정신적으로도 단절되었던 사실을 뒤늦게 깨달았으니. 이제 와서 해명하기엔 의미가 없지만, 일에 집중을 안 하는 것 같다는 오해는 꽤 섭섭했다.

문득 예전에 봤던 다큐멘터리 유튜브 영상이 하나 떠올랐다. 미국 전 대통령 트럼프가 멕시코 불법 이민자들을 막기 위해 약 3,200km의 거대한 강철 장벽을 완공했을 때의 일이다. 유튜버는 텍사스 남부 지방에서 불법 체류하며 공사판을 전전하고 있었던 한 멕시코 이민자와 인터뷰를 했다.

모자이크 처리가 되어 입모양이 보이지 않았지만, 영

어 자막을 지원하고 있어서 드문드문 읽은 인터뷰 내용은 이러했다.

"당신은 어떻게 저 강철 장벽을 넘어올 생각을 했습니까?"

"벽 너머가 궁금했다. 가족들의 생계를 유지할 수 있는 희망의 터전이 있다고 믿었다. 목숨을 걸 가치는 충분했다."

"10m가 넘는 저 벽을 어떻게 넘어왔습니까?"

"벽이 있기에 오히려 넘어가야겠다는 욕심이 났다. 반드시 넘어가야겠다는 오기가 생겼다. 한밤중에 다른 동료들과 함께 넘었다. 옷과 밧줄을 이용했다. 쉽지 않았다. 금속에 쓸려 상처가 났다."

이민자는 말하면서 반바지를 들어 올려 허벅지 안쪽을 보여줬다. 거기엔 길게 찢어진 듯 깊은 흉터가 있었다. 상처를 제대로 치료하지 못한 듯 흉측하게 아물어 있었다. 다시 몇 차례의 문답이 오간 뒤, 인터뷰하는 조건으로 약속한 100달러를 받은 이민자는 서둘러 사라졌고 인터뷰는 마무리됐다.

미국과 멕시코 사이에 강철 장벽이 지어지고 난 직후, 불법 이민자 체포 수가 급락했다고 하지만 그때뿐이었다. 얼마 지나지 않아 평소엔 일일 약 7,000명씩 체포되던 불법 이민자의 수가 일일 11,000명으로 급증했다. 발견하고 체포된 사람의 수만 이러하니, 발견되지 않고 미국 여기저기로 꼭꼭 숨어든 이민자들까지 모두 합하면 그 숫자는 상상을 초월할 만큼 많을 것이다.

멕시코 불법 이민자들은 벽이 생긴 것이 오히려 자신들을 자극했다고 말한다. 그들은 단절된 벽 너머에 있는 선진국의 호화로운 모습과 지금 처지에서 벗어날 수 있는 '아메리칸 드림'을 상상했다. 가로막기 위해 지어진 벽이 도리어 불법 이민자들의 '욕망'이자, '호기심'이자, '외로움'을 자극하는 소재였던 것이다.

트럼프를 반대하는 입장이었던 유튜버는 국경에 세워진 이 벽 때문에 오히려 두 나라 사이의 관계가 악화되고, 이민자들을 포함한 여러 문제가 더 커지는 사태를 초래했다며 정부를 비판했다. 흥미로웠던 유튜브 동영상은 그렇게 끝났다.

강철 장벽을 넘어온 불법 이민자들의 표정을 보면서 묘하게 나와 겹쳐 보였다. 벽 안에 갇힌 처지가 초라하고, 벽 너머에 있는 것이 더 가치 있다고 기대하는 믿음 때문에 스스로를 불행하고 외롭게 만들지 않는가. 자꾸 벽을 넘어가서 불행을 해소하고 싶어 하지 않던가. 불법 이민자들은 가난을 해결하고, 나는 외로움을 해결하고.

멕시코 불법 이민자들은 신분이 보장되지 못한 탓에 번번한 직장을 구하기 어려웠다. 결국 이민자들은 고향에 두고 온 가족들에 대한 그리움에 점점 사무치며 괴로워한다. 실제로 국경 출입국 사무소에 가서 자수를 하고 일부러 추방당해 돌아가는 이민자의 수도 꽤 된다는 기사를 접한 것이 기억난다.

벽을 넘어가서 친구들을 보러 갔다가 놀러 왔냐는 잔소리만 듣고 다시 방으로 돌아온 내 모습이 이들과 겹쳐 보였다. 물론, 목숨을 걸고 살기 위해 국경을 오가는 그들과 감히 비교할 만한 이야기는 아니지만 말이다. 나는 은은하게 들려오는 친구들의 잡담 소리를 견딜 수가 없어 결국 보청기를 빼버렸다. 아무것도 듣지 않는 선택을 하는 것이 외로운 것보다 차라리 나을 테니까.

이따금 망원동 작업실이 그립다. 고개만 돌리면 친구들의 얼굴이 금방 보이고, 바짝 붙어서 옹기종기 식사를 했던 그 시간들이 떠오른다. 아무런 제약 없이 마음껏 누릴 수 있는 공간이 생겼지만, 그 안을 가득 채우고 있는 것은 벽에 가로막혀 빠져나가지 못하는 외로움뿐인 것 같아 쓸쓸했다.

미련 가득한
화양연화

언제부턴가 '밸런스 게임'이라고 이름 붙여진 유구한 전통의 말장난이 있다. 두 가지 상황을 제시하고 어떤 것이 더 나은지 고르는 게임이다. 이를테면 '100% 확률로 1억 받기 vs 50% 확률로 10억 받기' 같은 것들이다.

상상력을 자극하고 욕망과 심리를 톡톡 건드리는 게, 막상 친구들과 해보면 그렇게 재미있을 수가 없다. 우리 세대뿐만 아니라 분명, 유치하고 철없다 한숨짓는 윗세대들조차 어렸을 적에도 다 해봤을 거라고 감히 장담할 수 있다.

친구들과의 술자리에서 밸런스 게임 이야기가 등장했다. 유치한 것부터 심오한 것까지 온갖 문제가 출제되기 시작했다. 특히 인상 깊었던 문제가 하나 있다.

[그냥 살기 vs 딱 한 번, 원하는 과거의 어느 시점으로 돌아가 다시 살기]

다들 갑자기 생각이 많아진 듯 일순 조용해졌다. 비록 한 번일지라도 과거로 돌아갈 수 있다는 건 굉장한 일이다. 당장 과거로 돌아가자마자 실행하고 싶은 몇 가지 세속적인 일들이 머릿속을 스칠 것이다. 로또와 비트코인을 통한 재산 증식이라던가, 짝사랑 성공 혹은 학력 업그레이드라던가 별반 다를 것 없이 우리도 비슷한 답을 내놓았다.

이 순간을 선명하게 기억하고 있던 까닭은 뒤이어 내게 향해진 질문 덕분이었다.

"동희야. 너는 세 살 때로 돌아가고 싶다고 생각한 적 없어?"

내게 주어진 대부분의 생을 장애와 함께 했음을 잘 알고 있는 친구들이기에, 질문의 의도를 곧바로 파악했다.

세 살, 40도가 넘는 고열로 청신경이 완전히 녹아내렸던 날. 청각장애인이라는 꼬리표를 달게 된 날. 빙 돌아온 이 질문의 옳게 된 문장은 '귀가 열리고 들리는 삶을 원하지 않느냐'였다.

한 번도 생각해 본 적이 없었다. 불편함도 오래 짊어지고 살면 부조리를 느끼지 못한다. 설사 아무리 부조리하고 불합리해도 그러려니 살아가게 된다. 들을 수 있다는 것이 어떤 것인지 전혀 알지 못하기 때문이다.

내가 할 수 있는 것이라고는 고작 귀가 들리는 삶을 상상해 보는 것뿐이다. 샤워를 하거나 자기 전에 보청기를 빼고, 씻고 나와서 혹은 자고 일어나서 다시 보청기를 끼지 않아도 되는 삶. 며칠 간격으로 보청기 배터리를 갈아줄 필요가 없는 삶. 친구와 연인과 함께 이어폰을 나눠 끼고 버스에서 나란히 앉아 같은 노래를 듣는 삶. 주문한 음식이 누락 됐다며 곧장 고객센터에 전화해 거리낌 없이 항의할 수 있는 삶. 그런 삶을 잠깐 빠르게 그려 본다.

다음 단계는 검증이다. 그런 삶이 지금보다 행복한 삶인지 가늠해 본다. 귀가 들리면 더욱 행복해질까? 내가 느끼는 비애와 자격지심과 후회와 연민이 흘러가는 강물처럼 씻겨 내려갈까? 더 많은 것을 보고, 느끼고, 듣고, 배우며 살아가게 될까?

　마침내 나는 돌아가지 않겠노라고 대답했다. 스스로 대답을 하면서도 내심 놀랐다. 길에 떨어진 주인이 없는 금덩어리를 보고도 지나치는 선택을 한 아까운 기분이었다.

　지금의 생이 마냥 나쁘지만은 않다는 생각이 든다. 아니, 꽤 좋다. 충분하다. 더할 나위가 없다. 장애 때문에 겪은 차별과 편견과 비애와 후회들이 넘쳐나지만, 그 덕에 배운 것들이 보배롭고 소중하다. 나의 고통 덕분에 상대방의 고통을 알아채는 연민을 가질 수 있었다. 남들이 보지 못하고, 듣지 못하는 것을 보고 들을 수 있었다. 들을 수 없는 만큼 눈으로 살피느라 눈치도 빨라졌고, 관찰력도 늘었다. 들리지 않은 만큼 더 바지런하게 노력하고 공부했기 때문에 지금의 내가 될 수 있었던 것이 아닐까. 마냥 과거로 돌아간다고 해서 또다시 그러지 않으리라는 보장도 없고 말이다.

　과거로 돌아가는 일은 분명 낭만적이다. 의도는 좋았으나 결과가 나빴던 일들, 나도 모르게 그릇된 선택을 했던 일들을 제자리에 두게 하여, 갖가지 후회와 미련을 다시 청산시킬 수 있게 하는 절호의 기회일지 모른다.

그러나 그런 이유만으로 과거로 돌아가는 것을 납득할 수 없다. 삶에는 분명 우리가 선택할 수 없는 일들이 존재한다. 사회와 국가의 구성원, 문화와 관습이라는 생활 형태가 인간의 일상에 뿌리 깊게 박힌 이상, 우리가 원치 않는 선택을 해야 할 때도 있다. 이를 테면 수능, 군 복무, 취업 준비, 이별 등의 다시는 겪고 싶지 않은 그런 기억들이 발목을 잡는다. 그 모든 것을 각오하고서라도 다시 돌아갈 만큼의 값어치가 있을까? 그건 아닐 것 같다.

몇 번을 곱씹어 고민해도 우리 생은 1과 1을 더해 2가 되는 단순한 덧셈과 다르다. 생의 찬란함은 매 순간 완벽한 결정을 내리며 얻어지는 것이 아니다. 생이 찬란한 까닭은 아이러니하게도 고난이 있기 때문이고, 후회가 있기 때문이다. 고난은 우리에게 단단한 지혜를 가르치고, 후회는 연민과 자기반성을 가르친다. 미래학자 다니엘 핑크는 후회로부터 비롯한 더 나아지고 싶은 욕구와 성취, 그리고 적당히 만족하는 태도가 인간을 구원에 이르게 한다고 말했다.

영화 〈어바웃타임〉의 주인공이자 시간 여행자인 '팀'은 후회와 미련을 되돌리기 위해 시간 여행을 한다. 어느 날, 여동생이 애인에게 데이트 폭력을 당하고 의식을 잃자, 여동생을 구하기 위해 시간 여행을 한다. 여동생을 구하고 돌아오는 데 성공했지만, 사랑하는 자신의 딸이 처음 보는 아들로 바뀌어 있었다. 과거가 바뀌면 미래의 흐름도 바뀔 수 있다는 사실을, 시간 여행에는 큰 책임이 따른다는 사실을 팀은 그제야 비로소 깨닫게 되었다.

결국, 팀은 시간 여행을 두 번 다시 하지 않게 되었다. 후회와 미련을 없애보고자 과거로 돌아가는 일에 연연하는 것보다는 지금, 이 순간에 만족하고 감사하며, 미래를 설계하는 일이 훨씬 가치 있는 일임을 깨달았기 때문이다.

'언제로 되돌아가는 것이 가장 좋을까?' 하는 생각을 해보면 되돌아가기 좋은 완벽한 날이란 존재하지 않는다. 아무리 언제로 돌아간다고 한들 반드시 후회와 미련이 남을 것이다. 인생이란 본래 그런 거니까. 그저 어떤 날은 잔잔한 파도가 해변을 조용히 스치고, 어떤 날은 폭풍우가 모든 것을 집어삼킬 뿐이다. 잠시 고통스럽겠지만, 태풍이 지나간 뒤에는 언제 그랬냐는 듯 더욱 커다란 고양감이 찾아온다.

아무리 고민을 거듭해도 우리 삶은 결코 완벽해지지 않을 것이다. 결국, 우리는 우리의 지금이 가장 최선의 모양임을 깨닫는다. 우리가 행복해지기 위해 해야 할 일은 적당히 만족할 줄 알며 가까운 사람과 손을 잡고 함께 나란히 걷는 일이다. 지나온 모든 순간을 정답으로 만들기 위해 힘껏 오늘을 즐기는 것 밖에는 길이 없다.

나 또한 그렇게 살고자 한다. 서툰 결정과 후회와 미련은 몇 번이고 찾아와 괴롭히겠지만, 그만큼 많은 우연과 선택이 만들어낸 지금의 내 모습이 나의 가장 찬란한 화양연화라 믿는다.

So we beat on, boats against the current, borne back ceaselessly into the past.

"그리하여 우리는 조류를 거스르는 배처럼 끊임없이 과거로 떠밀려 가면서도 앞으로, 앞으로 계속 나아가는 것이다."

–스캇 피츠제럴드 〈위대한 개츠비〉 中

*화양연화(花樣年華): 인생에서 가장 아름답고 행복한 순간을 이르는 말

불편하지만,
불행하지는 않은

모두 한 번쯤은 이런 상상을 해봤을 것이다. '만약 눈이 보이지 않게 된다면? 귀가 들리지 않게 된다면?'

친구 '푸우'와 여러 번 헬렌 켈러라는 위대한 인물에 대해 이야기를 나누곤 했다. 며칠 전에 이미 같은 이야기를 했다는 사실을 알면서도, 질리지도 않고 또 헬렌 켈러에 대한 이야기를 나눴다.

보이지 않고, 들리지 않는다는 것이 어떤 느낌인지 알고 싶었던 푸우는 눈을 감고 귀를 막은 채 몇 걸음 걸어보고선 무섭다고 오두방정을 떨더니 금세 포기했다. 그 모습이 우스꽝스럽기도 하고 또 나 또한 그 기분이 이해가 되어 덩달아 호들갑을 떨었다. 그만큼 그녀가 살아온 생의 모습은 쉽게 상상할 수도 없고, 믿어지기도 힘들만큼 일반인의 입장에서는 헤아리기 어려운 일이다.

보고 듣는 시청각 능력을 상실한 헬렌 켈러는 도대체 그 삶을 어떻게 지낼 수 있었을까? 심지어 그녀는 말도 제대로 할 수 없었다. 보지 못하니 입모양을 볼 수 없고, 듣지 못하니 소리를 분별할 수 없을 테니까 말이다.

그녀가 태어난 1880년대는 그레이엄 벨이 실용적인 전화기를 막 상용화했을 때라, 전자식 보청기는 존재하지도 않았다. 오늘날의 현대식 보청기는 1950년대에 트랜지스터가 등장한 뒤에야 프로토타입이 만들어졌다.

상상력과 공감 능력은 아주 큰 힘이다. 있지도 않은 일을 상상하는 것만으로도 진짜 감정을 느낄 수 있다. 푸우와 나의 결말은 늘 한결같았다. 둘 다 그저 믿을 수 없다는 표정으로 "도저히 하루도 버틸 수 없을 것 같다"고 대답할 따름이다.

만약 자신이 헬렌 켈러처럼 시청각 장애를 가지게 된다면 어떻게 적응할지, 기존의 삶이 어떻게 변화할지를 상상하는 친구들을 관찰하는 것은 꽤 재미있는 일이었다. 먼저, 약 10초간 깊은 상상의 세계에 빠진 듯 말이 없어진다. 분명 나를 바라보고 있지만 정신은 저 너머 어딘가를 유영하는 듯 동공이 비어있다. 깊게 몰입하느라 입은 바보처럼 살짝 벌어져 있다. 혹은 푸우처럼 실제로 눈을 감고 걸어보기도 한다. 몇 초 후에 다시 현실로 돌아와서는 못 견디겠다는 듯 몸서리를 친다.

다음으로는 꼭 헬렌 켈러의 스승이었던 '설리번 선생님'에 대한 존경과 찬사가 이어진다. 무려 49년 동안 보지도 듣지도 못하는 인물에게 언어를 가르치고 돌본 사람. 먼저 인형을 쥐어주고, 헬렌 켈러의 손바닥을 펴서 'Doll'이라는 단어를 쓴 사람. 손에 물을 묻혀주고 'Water'라는 단어를 알려준 사람. 반세기에 가까운 시간 동안 헬렌을 그렇게 돌보았다.

아무것도 보고 들을 수 없는 아이에게 세상에 존재하는 수많은 사물들의 이름을 가르쳐주는 일이 얼마나 고되고 위대한 일인지. 욕조의 물에 손을 넣게 해서 'Water'를 가르치더라도 이 단어가 '물'을 뜻하는 것인지, '차갑다'를 뜻하는 것인지 따로 가르치는데도 분명히 오랜 시간이 걸렸을 테다. 소문자 d와 대문자 D의 차이점은 또 어떻게 가르쳤을까. 헤아릴 수 없는 인내와 헌신과 사랑에 숭고미가 느껴진다.

사실 며칠 전, 진짜로 헬렌 켈러의 기분을 느낀 적이 있었다. 눈을 감고 고작 몇 걸음 걸어보고서 "나는 도저히 못하겠다"고 깔깔 웃으며 단념할 수 있는 체험 따위가 아니라, 진짜 불가항력의 현실에서 말이다.

서울이라는 번잡한 도시에서는 집중력이 쉽게 흐트러진다. 그래서 나는 종종 조용한 부모님의 가평 펜션으로 내려와 글을 쓴다. 펜션은 번화한 읍내까지 차로 20분이넘게 걸릴 만큼 계관산 개곡리의 깨끗하고 깊숙한 산자락에 위치해 있다. 부모님이 주무시는 방에서 키보드를 두드리며 글을 쓸 수는 없으니, 펜션 관리실 옆에 있는 작은 컨테이너 방에 책상과 컴퓨터, 매트리스를 가져다 두고 생활한다.

밤에 펜션의 조명을 끄면 별이 지구로 쏟아질 듯 찬란하게 빛날 만큼 아주 어두워진다. 아주 쾌청한 밤에는 은하수의 우윳빛 띠(밀키웨이)가 은은하게 수놓아져 있다. 가로등조차 없어서 밤에 운전할 때는 꼭 상향등을 켜야하는 동네다.

　지내는 방 바로 옆이 관리실인지라, 오전부터 해질녘까지 항상 바깥이 분주하다. 오전에는 체크아웃을 하고 떠나는 손님들로 북적인다. 낮에는 펜션 청소를 하는 직원들이 분주하다. 오후에는 새로 체크인을 하는 손님을 맞이하기 위해 부산스러워진다. 저녁에는 관리실 앞에서 키우는 고양이들을 쓰다듬고 싶어 하는 손님들이 한참을 머물다 간다.

　방음이 제대로 되지 않는 컨테이너 특성상 나는 늘 소음에 노출되어 있는 편이다. 보청기를 끼고 작업을 하노라면 바깥에서 누군가 오가는 소리, 귀여운 고양이를 보고 탄성을 뱉는 소리, 부모님과 직원과 손님이 두런두런 대화를 나누는 소리가 모두 들려오니 도저히 작업에 집중을 할 수 없다.

그래서 늘 보청기를 빼고 완벽하게 차단된 고요 속에서 글을 쓰는 편이다. 그 순간에 들려오는 소리는 오직 기계식 키보드의 경쾌한 타건 감각이 손가락 끝을 타고 온몸으로 전해지는 미세한 진동뿐이다.

유독 거센 비가 내리고 천둥 번개가 잦았던 어느 날, 일순간에 정전이 찾아왔다. 고요함을 누리며 모니터 화면을 보며 글을 쓰고 있었는데 화면이 꺼졌다. 화면만 꺼진 것이 아니라 시야가 통째로 갑자기 어두워졌다. 내 손의 형체조차 분간할 수 없는 절대 암흑이 삽시간에 모든 것을 잡아먹었다.

단 한 줄기의 빛조차 없었다. 보청기를 빼놓은 바람에 아무것도 들리지 않았다. 나는 아무것도 보이지 않고 들리지 않는 공포 속에서 천천히 이성을 잃어갔다. 너무 오래 끼지 않았더니 보청기를 어디다 두었는지 기억이 가물가물했다. 아이폰이라도 찾아서 플래시를 켜고 싶었지만, 아무리 손을 더듬거려도 아이폰을 어디에 두었는지 잡혀 지지 않았다.

보청기와 아이폰 둘 다 분명 책상 위에 있을 터인데, 코 앞에 두고도 찾지 못하는 무기력함이 공포 위에 덧대졌다. 소리쳐서 부모님에게 도움을 요청하고 싶어도 들을 수가 없으니 대답을 기대할 수 없었다. 부모님도 역시 경황이 없으실 터였다.

불과 1초밖에 걸리지 않는 의자와 문 사이의 그 짧은 거리를 그렇게 오래 더듬거리며 찾아간 적은 처음이었다. 4평 남짓의 컨테이너 하우스가 마치 400평이 된 것처럼 아득하고 멀었다. 신고 나갈 슬리퍼를 찾아 발에 끼우는 데 한 세월, 나가서도 벽을 짚고 천천히 걸으며 부모님이 계시는 관리실 입구를 찾는데 두 세월이 걸렸다. 관리실에 들어가서 "엄마, 아빠!"를 외쳐봤지만, 여전히 어둠과 고요만이 가득했다.

나는 "아무것도 안 들리고, 아무것도 안 보여."라고 계속 외쳤다. 이윽고 아버지가 손전등을 찾아 전원을 켰고, 부모님의 얼굴이 비춰지자 커다란 안도감이 찾아왔다.

손님들이 휴대폰 플래시를 켜고 찾아와 사정을 듣고, 양초 몇 개를 나눠 받아 객실로 돌아갔다. 부모님은 왜 정전이 일어났는지 알아보겠다며 차를 타고 마을회관으로 가셨다. 혼자 남겨질 생각에 겁이 났다. 나도 같이 가면 안 되냐고 말했지만, 부모님은 펜션을 지키고 있으라는 당부의 말씀만 남기고 매정하게 어둠 속으로 사라졌다.

손전등의 도움을 받아 보청기를 끼고, 아이폰을 찾았다. 통신 설비가 벼락을 맞은 것인지 데이터 신호가 전혀 잡히지 않았다. 한참이나 돌아오지 않는 부모님을 막연히 기다리며 스멀스멀 차오르는 감정이 무척 익숙했다. 그것은 다름 아닌 공포였다.

보청기를 끼고 나서는 '후두두둥... 두두둥....두다당... 구구궁...'하는 이상한 소리가 자꾸 들렸다. 비가 오는 소리라고 추측하기엔 이미 비는 그친 지 오래였다. 더 이상 천둥소리도 들리지 않았다. 보청기가 고장 났나 싶어 몇 번이나 껐다가 켜봤다. 그러나 두두둥하는 호전적이고 긴박한 소리는 여전했다. 사방이 산줄기로 막혀 있고, 비가 온 직후라 달도 별도 자취를 감췄다. 손전등을 멀리 쏴도 빛이 닿지 않는 캄캄한 산골에서 울리는 의문의 소리는 나를 미치도록 불안하게 만들었다.

순간, 나는 북한군이 쳐들어온 것이 아닐까 하는 생각

이 스쳤다. 경기도 가평군 위쪽에는 우리 군인들이 나라를 지키고 있는 강원도 철원군, 화천군, 양구군이 있고, 그 너머는 곧장 군사분계선이다. 가평과 북한과의 거리는 가깝다면 가깝다고 말할 수 있는 거리였다.

북한군이 남하하면서 통신 설비를 파괴하고, 탱크를 진격시키고, 군인들이 총을 쏘는 소리. 지금이면 적당히 가평에 도착할 타이밍이기도 했다. 그게 아니고서야 이 호전적인 소리를 설명할 도리가 없었다. TV는 꺼졌지, 휴대폰 데이터는 끊겼지, 라디오를 돌려보고 싶었지만 어차피 알아들을 수도 없지. 설마 부모님은 마을회관을 가다가 돌아가신 것은 아닐까. 서울은 이미 불바다가 된 것일까. 내 친구들은. 나는 이렇게 고립되어 죽는 것일까. 세상 물정 모르는 우리 고양이들은 야생을 떠돌겠구나.

그 소리가 사실은 고작 관리실 지붕에 고인 빗물이 처마를 타고 떨어지는 소리였다는 사실을 깨달은 것은 한참 뒤의 일이었다. 보청기는 내게 소리를 들려줄 수 있지만, 그 소리의 위치, 방향, 정체를 인지하고 해석하는 것은 오로지 나의 부족한 역량에 달려 있었기에 오래 걸릴 수밖에 없었다. 청각장애인은 이런 부분이 취약하다.

얼마 뒤에 부모님이 무사히 돌아오셔서는(감사합니다, 하느님!) 번개 때문에 마을의 전력 퓨즈가 터져버려 일대에 정전이 발생하고, 덩달아 통신 장치까지 멈춰버렸다는 사정을 설명해 주셨다. 긴급 작업에 들어가 두세 시간이면 다시 원상 복구될 거라는 말을 듣고 나서야 나는 있지도 않은 북한군의 공포로부터 벗어날 수 있었다.

머지않아 펜션 구석구석에 예쁜 조명들이 다시 빛을 발했고, 아이폰의 데이터가 다시 잡혔다. 카카오톡 단체 카톡방에서는 친구가 저녁으로 주문한 피자를 평온하게 먹는 인증샷이 올라와 있었다. 그 녀석이 지금쯤 불바다 속에 있을 거라고 생각한 난 아주 오랫동안 민망했다. 북한군이 쳐들어왔다는 망상을 했었노라고 차마 말할 수 없었다.

섬뜩한 암흑과 침묵의 시간이 두 시간만 이어져도 내 기분이 이리도 요동을 칠진대, 일평생을 그렇게 견딘 헬렌 켈러가 참 대단하지 않은가. 암흑과 침묵이 내게는 시간이지만, 그녀에게는 시대였다. 내게는 경험이었으나, 그녀에게는 일상이었다. 분명 나는 세상의 한 구성원임을 인지하고 있지만, 나는 세상의 그 어떤 것도 보거나 들을 수 없는 무기력한 소외와 공포를 일생 동안 품고 살았을 그녀에게 경외감이 드는 것은 당연했다.

그런 결여와 결핍이 헬렌 켈러를 강하게 만들기도 했지만, 여리고 무르게도 만들었으리라. 헬렌 켈러는 필연적으로 일상의 많은 부분을 마치 철부지 어린아이처럼 다른 사람에게 의존해야만 했을 것이다. 설리번 선생님의 존재는 헬렌 켈러에게 행운과 위안인 동시에 평생 짊어진 부채 의식이었을 테다.

"장애는 불편하다. 그러나 불행하지 않다. *Disability is uncomfortable. But it is not unfortunate.*"

"세상은 고난으로 가득하지만, 고난의 극복으로도 가득하다. *Although the world is full of suffering, it is full also of the overcoming of it.*"

헬렌 켈러가 이렇게 여러 명언을 남길 수 있었던 까닭은 설리번 선생님이 건넨 무조건적인 신뢰와 용기 덕분일 것이다.

무언가 결여되어 있다는 것은, 슬프지만 그만큼의 타

인의 이해와 인내를 요구한다. 부족한 만큼을 다른 사람의 온정으로 채워야 한다. 혹자는 그걸 신뢰라 부르고, 누군가는 사랑이라 부른다. 또 어떤 이는 배려라고 부른다.

내가 철부지 어린아이처럼 요구해도 나를 품고 이해해줄 수 있는 사람이 있다는 것은 가슴 벅찬 일이다. 집으로 놀러온 친구와 같은 침대에서 자기 직전에, 나는 보청기를 빼며 항상 말한다. "나 이제 보청기 뺄 거야. 빼고 나면 하나도 안 들려." 그러면 친구는 대답한다. "응, 잘 자."

친구들과 함께 해수욕장에 갔을 때도 그렇다. 보청기는 물이 닿으면 쉽게 고장이 나기 때문에 빼고 바다에 들어가야 한다. 내내 전혀 듣지 못했음에도 불편하지 않았다. 모래 속에 파묻힌 조개를 캐서 자랑하고, 넘실대는 파도에 몸을 맡기며 몸을 부대끼는 것만으로도 충분한 기쁨이었기 때문이다. 언어가 구태여 필요치 않은 관계에서 생겨나는 형용할 수 없는 감정은 나의 결여를 이미 채우고도 가득 흘러넘친다.

혹자는 그걸로 사려 깊은 기술을 만든다. 더욱 정교한 보청기가 발명되고, 골전도 이어폰 같은 신개념 이어폰이 나타났다. 보행자 신호기가 배치되고, IoT(사물 인터넷)

가 발달했다. 배리어프리 자막이 의무화되고, 영상통화의 품질이 좋아졌다. 전화하지 않고도 음식을 주문할 수 있는 앱들이 개발됐다. 그런 발전은 필경 결여가 있는 자들을 채워주기 위한 수많은 설리번들의 다정한 온정이다.

나는 그렇게 어린아이처럼 사람들에게, 기술에게, 제도에게 의지하며 산다. 기쁘고 감사한 마음으로 산다. 언젠가 모두 갚을 수 있길 바란다. 그렇다면 나도 헬렌 켈러처럼 씩씩하게 말할 수 있다. 암흑과 침묵이 불편하지만 불행하지는 않다고. 이 세상은 온통 고난의 극복으로 가득하다고.

사도세자와
마도카

나는 기계와 궁합이 그다지 잘 맞지 않는 편이다. 특히, 아이폰과는 궁합이 잘 맞지 않는다. 이미 오래전부터 '애플 생태계'에 적응해 버린 바람에 오랫동안 아이폰을 사용하고 있지만, 늘 그렇게 생각해 왔다.

내가 이런 생각을 하게 된 까닭은 다름 아닌 '시리(Siri)' 때문이다. 위키피디아에 따르면 시리는 2011년에 아이폰 4S와 함께 출시된 애플의 음성 인식 서비스다. "시리야." 라고 부르면 "네, 부르셨어요?"라고 화답하는 시리의 목소리와 메커니즘은 아이폰 유저들에게는 많이 친숙할 것이다.

어느 날, 나는 시리가 나의 시옷 발음을 잘 인지하지 못한다는 사실을 깨달았다. '사랑해', '세브란스 병원', '사과나무', '사장님', '소나무', '세면대' 등 시옷으로 시작하는 다양한 단어들을 시도했으나 정확도와 성공률이 많이 떨어졌다.

그래도 여러 번 시도하면서 정확도를 높일 수 있었다. 남들이 봤으면 이 녀석은 뭐하고 있는 건가 싶었을 테다. 하루 종일 아이폰에 대고 "시리야, 사랑해." "시리야, 소나무 검색해 줘." "시리야 세면대 가격은 얼마야?"라고 말하는 궁상맞은 모습을 누군가 봤으면 큰일 날 뻔한 노릇이지만, 그 덕분에 정확한 발음으로 교정할 수 있는 유익한 시간이기도 했다. 시리가 내 말을 알아듣고 화면에 원하는 단어가 표시될 때만큼 뿌듯한 일도 없었다.

하지만 이상하리만치 끝까지 시리가 알아듣지 못하는 유일한 단어가 있었다. 그것은 다름 아닌 '사도세자'다. 사도세자는 조선 후기 영조의 아들이자, 정조의 아버지다. 그 유명한 뒤주에 갇혀 죽었다는 비운의 주인공이다. 내가 개인적으로 굉장히 좋아하는 인물이다. 이야기가 매력적이기도 하거니와, '사도'라는 단어가 주는 어감이 꽤히 마음에 들었달까. 어렸을 때 부모님 손을 잡고 동네 성당

을 자주 다녔는데, 그 당시에 받은 세례명도 '사도 요한'이
었다. 또 게임이나 소설에서 무언가를 위해 헌신하거나
수호하는 이들을 사도라 부르듯이, 판타지와 낭만을 사랑
하는 나로서는 '사도'란 상상력을 자극하는 매력적인 단
어이기도 했다.

그러나 야속하게도 아이폰 시리는 끝끝내 나의 '사도
세자'를 알아듣지 못했다.

[자동차 의자를 검색합니다.]
[자동 의자를 검색합니다.]
[사동 세차장 위치 검색 결과입니다.]
[사도 되냐? 에 대해 제가 찾은 결과입니다.]
[자동 세차 검색 결과입니다.]

사도세자라고 말하면 자꾸만 자동 세차장 위치가 찍힌
지도 앱을 켜주는 시리를 보며, 주변 사람들은 아주 크게
폭소한다. 그렇게 발음이 좋지 않으냐고 물었더니 알아듣
는 데는 전혀 문제가 없다는 답이 돌아왔다. 가끔 '시옷'을
'지읒'처럼 말하는 경우가 있다며 조금만 신경 쓰면 될 것
같다는 조언과 함께.

지난번에 작업한 책 <안 들리지만, 그래도>를 통해 여러 차례 강연과 북토크를 소화하면서, 관객들에게도 '사도세자' 발음에 관한 이야기를 많이 했다. 내 이야기를 듣고, 진짜로 시리가 내 발음을 끝까지 알아듣지 못하는 모습을 보면서 관객들은 너나 할 것 없이 모두 폭소했다. 모두 자기 아이폰을 꺼내 들어 '사도세자'를 발음해 보기도 했다.

남들은 다 되는데, 나만 안 되는 게 너무 억울했다. 한번은 구화를 사용하는 청각장애인들의 독서 모임에 초대받아 북토크를 할 기회가 있었다. 청각장애라는 비슷한 환경에서 살아온 공감대를 가진 사람들이라면 나와 같은 사람이 한 명은 있으리라고 믿었다. 내게는 비극적이게도 모두가 성공적으로 사도세자를 스마트폰 화면에 띄우며, "작가님! 저는 사도세자 잘 되는데요?" 하며 웃었다. 진심으로 당황했던 기억이 난다.

이 글을 읽는 여러분은 사람들만 잘 알아들었으면 되는 것 아니냐며, 무슨 대수냐고 하시겠지만, 나에겐 꽤 진지한 문제가 되었다. 내 아이폰 메모장에는 <살면서 꼭 이루고 싶은 목표>라는 제목을 가진 리스트가 있는데, <사

도세자 발음 성공하기>는 엄연한 항목으로 당당하게 자리하고 있다. 같은 메모 파일에 적힌 동급의 항목으로는 <베스트셀러 출간하기>, <○억 원 모으기>, <나만의 브랜드 창업해 보기> 같은 것들이 있다.

청각장애인으로서 늘 발음에 대한 핸디캡을 달고 살았기 때문인 이유도 있었다. 어렸을 때부터 국어 시간에 선생님이 교과서를 읽으라고 시키는 시간이 늘 싫었다. 내가 글을 읽어 내려가면 교실 어딘가에서 반드시 키득거리는 소리가 들렸다. 사도세자를 반드시 성공시키고 싶다는 발음에 대한 나의 강박적인 성향은 그런 경험으로부터 비롯된 듯하다.

2023년 1월 추웠던 겨울 어느 날이다. 일본 도쿄 여행을 갔다가 한 일본인 친구를 사귀게 됐다. '마도카'라는 이름의 여자아이는 사실 나보다 일곱 살이나 어린 여동생이지만, 외국인에게는 이상하리만큼 장유유서에 관대한 여하의 한국인들처럼 편하게 친구로 지내고 있다.

BTS와 블랙핑크와 '오징어 게임' 덕분일까, 도쿄에는 꽤 한류 열풍이 불고 있는 듯했다. 신오쿠보 한인타운에는

많은 일본인들이 길거리에서 '명랑 핫도그'나 '회오리 감자'를 먹거나, 아이돌 굿즈를 사고 있었다. 마도카 역시 그 중 한 아이였다. 심지어 마도카는 한국인 사장이 운영하는 포장마차에서 아르바이트를 하면서 서툴게나마 한국어도 공부한다고 한다. 의욕과는 다르게 많이 공부한 것 같지는 않았다.

마도카는 도쿄에서 회사를 다니고 있는 친구 '환' 덕분에 알게 됐다. 도쿄에 놀러온 나에게 환은 마도카를 비롯한 자신의 일본 친구들을 소개해 주겠다며, 집으로 초대해서 같이 저녁 식사를 하자고 제안했다. 신오쿠보 한인

타운에서 처음 만난 날, 마도카는 귀동냥으로 주워 배운 서툰 한국어로 인사했다.

"앙녕하세요."

"하지메마시떼."

나도 아는 일본어를 동원해 화답했다. 그뿐이었다. 서로가 서로의 언어를 전혀 알지 못해서 건네고 싶은 질문이 많아도 입 밖으로 차마 꺼내지 못하는 머쓱한 그 기분이란. 집에 도착해서도 우리 둘은 아무 말도 하지 못했다.

일본어를 전혀 하지 못하는 나와 한국어를 전혀 하지 못하는 마도카가 소통하기 위한 유일한 수단은 바로 아이폰이었다. 나는 냉큼 G사의 번역 앱을 켜서 [많이 춥죠?]를 일본어로 번역해서 보여줬다. "토레모 사무이데스요네?"라는 일본어가 화면에 떠있었다. 마도카는 열렬하게 고개를 끄덕이면서 서툰 한국어로 직접 대답했다.

"존나 추어요."

말이 통하지 않는 외국인과 언어로 웃을 수 있는 몇 가지 방법이 있다면, 그중 확실한 한 가지는 바로 욕일 것이다. 일본인의 입에서 나온 한국 비속어를 듣고 나는 내 귀를 의심할 수밖에 없었다. 크게 웃으며 다시 번역기를 이용해서 물었다.

['존나'라는 말은 어디서 배웠어요?]

마도카는 자신이 아르바이트를 하고 있는 식당의 한국인 사장님이 알려줬다고 했다.

"완벽합니다." 나는 번역기에 그렇게 말했고, 번역기는 일본어로 번역했다. 그러나 마도카는 나의 '완벽합니다'라는 말에 흥미가 생긴 모양이었다. 갑자기 그 말을 따라 하기 시작했다.

"왐병함다?"

"완벽합니다. 완! 완!"

"완."

"완벽!"

"왐벼."

"완벽! 완벽합니다."

"왕벽, 합니다."

"오~ Good! That's enough."

사실 충분할 만큼 완벽하지 않았지만 나는 열렬하게 칭찬해 주었다.

기분이 참 묘했다. 발음에 있어서 언제나 나는 '약자'였다. "이건 어떻게 발음하는 거야? 이렇게 발음하는 게 맞아?"라는 질문은 내가 늘 친구들이나 가족들에게 건네던 단골 질문이다. 내 발음에 대한 확신이 없기 때문에 항상 배움을 구하는 마음으로 물어본다. 왜냐하면 내 발음에 대해 깊게 인지하지 못하기 때문이다.

비교적 최근까지도 '마태복음'을 [마태보금]이라 발음하지 않고, [마태보끔]이라고 발음했다. 발음이 잘못됐다는 것을 전혀 인지하지 못해서 생긴 일이었다. 친구들이 "왜 자꾸 마태를 볶으려고 그러냐? 그럼 누가복음은 누가 볶아주는 거냐?"며 낄낄 비웃던 선례가 있어서인지, 항상 발음이 정확한지 물어보는 게 습관이 되었다. 그런 내가 누군가에게 발음을 가르치고 있다는 사실이 낯설고 아이러니했다.

문득 나를 항상 괴롭히던 '사도세자'가 생각났다. 나만 안 되고, 세상 사람들은 다 되는 문제의 그 단어. '설마?' 하는 생각이 스쳤다. 곧장 번역기에 글을 썼다.

[마도카 씨, 저를 한 번 따라해 볼 수 있어요?]

나의 요청에 마도카는 고개를 끄덕였다. 나는 마도카의 손을 잡아서 손바닥에 손가락으로 'SA – DO – SE – JA'라는 영어 단어를 썼다.

"사도세쟈-?"

영어 단어를 읽은 마도카가 반문했다. 몇 번 더 발음을 최대한 정확하게 교정해 준 뒤에 나는 아이폰을 켜서 "시리야." 하고 시리를 불렀다. 시리가 응답하자, 황급히 나는 아이폰을 마도카에게 가까이 건네주며, 말해보라는 몸짓을 했다.

"사도세자."

시리가 마도카의 청량한 목소리를 듣고 인식하며 로딩이 되는 찰나의 순간이 꽤 길게 느껴졌다. 설마 하는 마음 반, 제발 아니길 바라는 두근거리는 마음 반으로 화면을 들여다봤다.

[사도세자]

아주 선명하게 떠오르는 그 이름과 함께, '조선 장조'라고도 불리는 영조의 둘째 아들 사도세자의 초상화까지 화면에 나타났다. 심지어 그 분께서 갇혀 죽었다는 뒤주의 그림까지 친절하게도 옆에 같이 띄워 주었다.

아, 괜'시리' 찾아오는 이 허탈함이란! 헛헛한 실소가 나왔다. 조선의 왕족께서는 같은 전주 이씨 혈통의 후손인 이동희가 몇 번이고 간절하게 부를 때는 한 번도 응답하지 않으시더니, 당신을 전혀 모르는 한 일본 여자아이에게는 바로 등장하셨다. 마도카는 이게 뭐냐는 순수한 표정으로 그저 나를 쳐다보고 있을 뿐이었다. 나와 사도세자 사이의 지긋지긋한 인연사를 오래 전부터 알고 있었고, 곁에서 우리의 대화를 처음부터 듣고 있었던 환의 "크하학!" 호탕하게 찢어지는 웃음소리만 귀에 아련하게 맴돌았다.

행복한
무직

살다 보면 주변에 나의 직업을 소개하거나 알려야 할 때가 온다. 무슨 일을 하시냐는 질문을 자주 받고, 은행 앱에서 대출 신청을 하면 늘 신청자의 직업을 체크하는 항목이 있다. 각종 설문조사에서도 피설문자의 직업은 무조건 묻는다. 우리 사회는 참 이상하리만큼 남의 직업에 대한 호기심으로 넘쳐난다.

그럴 때마다 머뭇거렸다. '작가'라는 직업은 어디에도 없기 때문이다. 결국 그나마 가까운 '프리랜서'나 '개인 사업자'를 고른다. 한국은 공식적인 자리나 서류에서 고를 수 있는 직업의 스펙트럼이 매우 좁은 편이라는 것을 느끼고 있다.

나는 직장을 다니지 않지만 다양한 일을 겸하고 있다. 글을 쓰고, 책을 팔고, 강연과 북토크를 다니고, 정기적으로 칼럼을 연재하고, 취미로 운영하는 블로그와 유튜브를 통해 수익을 창출한다. 연금도 수령하고 있다. 가볍게 집 근처에서 아르바이트를 하며 수입이 들쭉날쭉할 때 보태고, 펜션을 운영하는 부모님의 일손을 도와드리고 가끔 수고비도 받는다. 다 합치면 직장인 월급과 비슷하다. 소소하게 적금과 주택 청약도 정기적으로 납부하고 있다.

하지만 공적인 서류 그 어디에도 내 직업을 정확하게 정의할 수 없다. 다음의 일화는 예전에 대출을 받고 싶어서 앱으로 신청하려고 했다가 전화로 문의를 해야 한대서 포기하고, 은행으로 직접 상담을 받으러 갔을 때 겪은 일이다.

창구 은행원이 대출 신청 서류를 건넸다. 직업을 고르는 칸에 내 직업이 없었다. 예술가, 아르바이트 근로자, 블로거, 유튜버, 작가, 편집자는 선택지에 없다. '프리랜서'를 고를까, '개인 사업자'를 고를까, '1인 크리에이터'를 고를까 고민하다가 은행원에게 도움을 요청했다. 내 설명을 들은 은행원이 고민 끝에 이렇게 말했다.

"음... '프리랜서'가 나을 것 같아요. 아니면 '무직'은 어떠신가요?"

나를 '무직'이라는 단어로 단숨에 치환해 버리는 제안에 기분이 나쁠 법도 한데, 기묘하게 설득됐다. 왠지 모르게 정말 '무직'에 체크해야 할 것만 같은 기분이 들어서 웃겼다. 웃음을 참느라 잠시 입술을 깨물었다. 내가 하는 일, 내가 가진 직업이 서류에 기재되어 있지 않을 만큼 인정받지 못하니 말이다. 나는 먹고 살 만큼 잘 벌고 있는데, 공적인 서류에서의 나는 사실상 '직업이 없는 사람'에 가깝다는 게 애잔했다.

공적인 서류가 모든 것을 대변하는 것은 아니지만, 내 삶의 모습을 평가하는 한 가지 기준이 될 수는 있다. 서류에 체크할 만한 직업이 없다는 것은 그만큼 불확실한 삶을 사는 것을 의미한다.

그만큼 한국 사회의 신용은 대부분 '직장인'에게 편향되어 있다. 6년 차 직장인 친구의 신용 등급이 상위 0.1%에 육박하고, 마음만 먹으면 천만 원 정도는 비대면으로도 손쉽게 대출을 받을 수 있다는 사실을 알게 된 뒤로 그 생각은 점점 강해졌다. 나는 300만 원짜리 대출 상품을 알아보는데도 스크롤을 내려야 전부 확인할 수 있을 만큼 온갖 증빙 서류를 요구하는데 말이다.

냉정하게 내가 사실은 '무직'인 건가? 고민이 될 만큼, 직장인 이외의 직업을 가지고 있는 나는 늘 불안함과 불확실함에 노출되어 있다. 학창 시절부터 취직에 대한 열망과 불안정한 삶에 대한 불안감은 항상 품고 있었다. 예체능 중, 고등학교와 미술대학을 졸업한 내 주변에는 같은 고민을 하는 학우들로 가득했다. 그들도 반반이다. 끝까지 창작자의 길을 걷거나, 높은 성적과 학력을 이용해 좋은 직장에 취직하거나.

나는 취업을 포기하고 창작자의 길을 선택했다. 어렸을 때부터 해왔던 창작이니 익숙했고, 직장에 들어간다는 것 자체가 겁났다. 사회생활과 인간관계를 잘 정돈해야 하는 집단의 문화에 적응할 자신이 없었다. 여기에는 청각장애도 한몫 했다.

오랫동안 변변찮은 수입을 벌며 시간을 보내다 보면 가장 가까운 곳에서 의심이 피어나기 시작한다. 부모님께서 지금이라도 늦지 않았으니 공무원 시험이라도 보는 것은 어떠냐는 제안을 하실 때마다 매우 서운해진다. 가까운 가족에게조차 지지와 응원을 받지 못한다는 생각에 자존감이 바닥을 친다.

안정성과 도전성, 매달 들어오는 월급과 들쭉날쭉한 수입, 적당히 오르내리는 삶과 이리저리 요동치는 삶, 돈과 생계를 위해 하는 일과 마음이 원하는 일, 하고 싶지 않은 일과 하고 싶은 일, 늘 이 두 가지 사이에서 저울질하며 고민했다.

두 마리 토끼를 모두 잡을 수 있다면 더할 나위 없겠지만, 좋아하는 일을 하며 원하는 만큼 돈까지 버는 것은 기나긴 시간과 인내심을 필요로 하는 어려운 일이다.

직장인이란 안정적인 직업이고, 창작자란 불안정한 직업이었다. 일반화는 위험하지만, 적어도 나에게는 그랬다. 그래도 많은 분들이 공감하리라 믿는다. 생계를 위해 해야만 하는 일과 순수하게 영혼이 즐거운 일 사이에서 얼마나 많은 고민을 했는지. 무언가 그리고 만들고 쓰면서도 불안감을 견디지 못하고, 얼마나 많은 구인 구직 사이트를 들여다봤는지 알면 놀랄 것이다.

불안감을 이기지 못하고 정말 많은 직장을 전전했다.

패밀리 레스토랑에서 아르바이트로 시작했다가 본사에 채용되어 정규직으로 근무한 적도 있다. 친구 부모님의 소개로 간 회사에서 인턴 생활도 하고, 출판사에서 꽤 오랫동안 편집자로 근무했다. 매달 다박다박 들어오는 월급의 맛이 썩 괜찮았다.

그러나 직장을 다니다 보면 알 수 없는 욕구 불만이 생겼다. 어렸을 때부터 창작에 몸을 둬서 그런 것일까. 마음 한구석에는 욕구가 깊이 자리 잡고 있다. 주기적으로 무언가 그리고 만들고 쓰면서 욕구를 배출해 줘야 한다.

나는 이걸 '창조에 대한 욕구'라고 명명했다. 의외로 주변의 많은 사람들이 공감했다. 대학교 때 동양화를 전공하신 부모님도 가끔씩 붓과 펜을 잡고 그림을 그리고 싶은 욕구에 사로잡힐 때가 있다고 하셨다. 직장을 다니는 예고 동창 친구도 퇴근하면 종종 그림을 그리는 '원데이클래스'에 가서 욕구를 해소한다고 한다.

출퇴근을 하며 바쁘게 현실을 살고 있노라면 나도 모르게 무언가 그리고 만들고 쓰고 싶다는 갈증이 난다. 그럴 때면 나도 모르게 몸이 화방으로 간다. 직장상사에 치이고 업무에 치이며 애써 모은 돈으로 재료를 산다. 일주일에 단 이틀뿐인 주말 동안 재료를 가지고 무언가 만들고 쓰는데 몰두한다. 아주 짜릿한 고양감이 전신을 가득 채운다. 그럴 때마다 창작이야말로 내 영혼이 원하는 일이라는 걸 매번 느낀다.

결국, 직장을 그만뒀다. 내가 진심으로 하고 싶은 일이 무엇인지 알고 있으니 회사의 내 자리에 앉아 있는 시간이 아깝게 느껴졌다. 직장을 다니는 것은 소모적인 일이었다.

그렇다고 직장을 다니는 사람들이 다 소모적이라고 비하하는 것은 결코 아니다. 나는 이 세상에서 가장 존경스러운 사람들로 직장인을 꼽는다. 몇 년이고 출퇴근을 반복하며 삶을 슬기롭게 사는 사람들. 그 지구력과 인내심과 끈기와 성실함과 책임감과 유쾌함은 도대체 어디에서 나오는 것일까.

나에게는 그런 인내심과 끈기가 없다. 내가 하고 싶은 일이 아니면 금방 질리고 포기하고 싶어진다. 늘 충동적이고 감정적이다.

돈도 많이 벌고 싶고, 하루 종일 하고 싶은 일도 하고 싶은 건 순전히 욕심이었다. 둘 다 성취하기 위해서는 오히려 욕심을 내려놓을 필요가 있었다. 나는 잠시 돈을 내려났다. 그리고는 좋아하는 일을 하며 살아야겠다고 결심했다. 돌고 돌아 다시 무언가 만들고 글을 쓰기 시작했다. 이유는 간단했다. 이게 제일 재밌었다. 계속 해도 질리지 않았다. 무너지거나 좌절해도 다시 시작할 용기가 계속해서 솟아났다.

그래서 돈보다는 우선 마음을 좇기로 선택했다. 어느 시인의 말처럼, 거듭 무너질수록 영혼이 찬란하게 빛나는 일을 해야겠다, 아주 기쁜 마음으로 실패할 수 있는 일을 해야겠다, 아무리 해도 행복한 일을 해야겠다.

그러자 불안감이 싹 사라졌다. 지금까지 내가 느낀 불안감이란 '앞으로 뭘 하며 살아야 할지'에 대한 불안감이라고 생각했는데 아니었나 보다. 내 불안감의 실체는 사실 '돈이 많지 않아도 괜찮을까?'였던 것이다.

우리가 느끼는 많은 불안과 불행의 원인은 거의 대부분 욕심에 있는 것 같다. 그 어떤 것도 놓치고 싶지 않은 욕심. 중요한 우선순위를 정하고, 욕심을 잠시 내려두는 것만으로도 생각보다 선택이 아주 쉬워지기도 한다.

마음이 이끄는 일에 몰두하고 정진하다 보면 돈이나 명예 같은 부수적인 보상은 자연히 뒤따라올 것이라 스스로를 다독이며 오늘도 '창조에 대한 욕구'를 채우고 있다.

서류가, 또 은행원이, 주변 사람들이 나를 '무직'이라 불러

도 상관없다. 창조에 대한 갈증만 채울 수 있다면, 그렇다

면 기꺼이 '행복한 무직'이 되련다.

제 2장

———

나란히 걷는다는 것

사랑의
또 다른 이름

언제부턴가 잘 외운다는 칭찬을 많이 듣기 시작했다. 학창 시절에도 한국사, 근현대사, 한국지리 같은 암기과목으로 명성이 자자한 사회탐구 과목들의 점수가 좋았다. 칭찬은 고래도 춤추게 한다지만, 그것도 춤선이 좋아야 오래 보기 좋은 법이다. 나는 감히 몸치 주제에 잘한다는 칭찬을 더 듣고 싶은 욕심에 요상한 춤사위를 추기 시작했다.

암기력을 더욱 뽐내고 싶어서 별의별 것을 외웠다. 유명한 시를 외우거나 하다못해 지하철 노선도, 전국 행정구역 시, 군, 구까지 달달 외웠다. 백번 양보해서 시를 외우는 것은 국어 공부와 교양 쌓기에 도움이 되고, 전국 행정구역을 외우는 것은 한국지리 공부에 보탬이 된다고 하더라도, 나는 거기서 멈추지 않고 더 외울 게 없나 찾다가 한강 다리 31개를 순서대로 외우는 기행까지 저질렀다.

무언가를 기억하고 외우는 일은 내게 소소한 즐거움 중 하나다. 모두에게 독특한 취미나 은밀한 페티시가 하나쯤은 있듯이 말이다. 운전하다가 졸릴 때 사람들이 노래를 부르는 것처럼, 나는 외운 시를 낭송하거나 지하철 노선도를 읊는다. 사실 지하철 노선도나 한강 다리를 외우는 취미는 보잘 것 없고 소모적이긴 해도 꽁꽁 숨길 만큼 그리 부끄러운 일은 아니다. 그런데 나는 아직 그 누구에게도 꺼내지 않은 은밀한 취미가 하나 더 있다.

그것은 바로 누군가의 '이름을 쓰는 일'이다. 이런 게 무슨 취미냐고 할 수 있겠지만, 의외로 꽤 긴 시간 이어져 오며 하나의 전통이 되어버린 나만의 취미다. 나는 더 외울 게 없나 쌍심지를 켜고 찾다가 기어이 아는 이름들을 떠올리며 적기 시작했다.

딱히 쓰고 싶은 글이 없는 날, '넷플릭스'나 '디즈니 플러스'를 켜도 보고 싶은 게 없는 날, 게임도, 운동도, 독서도 의욕이 나지 않는 그런 일종의 무기력한 날이 있다. 그런 날이면 눈에 띄는 이면지를 한 장 집어 들고 연필로 이름을 꾹꾹 눌러 쓴다.

내 이름, 가족과 친척의 이름, 친구들의 이름, 애인, 전 애인들의 이름, 대학교 선후배들의 이름, 선생님들의 성함, 글쓰기 모임 회원분들의 이름, 내 책을 읽고 응원해 주신 기억나는 분들의 이름...한 사람, 한 사람, 기억나는 대로 쓴다. 나라는 역사에 기록된 모든 이름을 최대한 쥐어짜내 쓴다.

나는 이름을 정말 좋아한다. 이름은 그가 가진 전부를 들어내고 벗겨도 끝까지 남아 있는 고유함이다. 태어나면서부터 부여받는 자신만의 명사다. 고작 두 글자 또는 네 글자에 불과한 고유명사지만 그의 온 일생을 은유한다. 그의 삶이자 대리자가 된다.

신기하게 주변의 한 사람씩 이름을 꾹꾹 써 내려가면 생각이 많아진다. 형용할 수 없는 깊이를 느낀다. 그들의 이름 하나, 하나를 쓰면서 교집합을 추억한다. 그 사람과 어떻게 처음 만났는지, 어쩌다 친해졌는지, 어디를 함께 다녀오고, 어떤 대화가 기억에 남는지 찬찬히 회상한다. 그래서 긴 시간이 소요된다. 몇 자 쓰지 못하고 지쳐서 끝내기도 한다.

제각기 다른 환경을 살아온 두 세계가 만나 교집합이 점점 넓어지고 커가는 것에서 경이로움을 느낀다. 나에게 이름은 사람이 만나고 헤어지는 인연이 결코 당연한 것이 아님을 일깨워 준다. 이름이 쓰일 때마다 그 사람에 대한 나의 애정이 연필심의 까만 연기가 되어 손가락을 타고 올라온다.

누군가와 다투고 감정이 상했을 때, 나는 집으로 돌아와 이름을 썼다. 감정을 정리하고 가라앉히는데 분명히 큰 도움이 되었다. 오늘 다퉜던 사람의 이름을 쓰면서, 그 사람과의 첫 만남부터 마지막 만남까지 소회한다. 이상하게도 대개 나쁜 기억보다도 신나고 즐거웠던 기억들이 많이 떠오른다. 그 사람이 나에게 얼마나 좋은 사람인지, 왜 없어서는 안 되는 사람인지 이유를 재확인한다. 화가 누그러지고 다툰 것이 부질없게 느껴진다. 한결 다정해지고 애틋해진다. 그래서 보통 내가 먼저 화해를 청하는 편이다. 그것이 바로 이름이 주는 강력한 힘이다.

이 쑥스러운 취미를 드러낼 용기가 난 것은 다름 아닌 윤동주 시인의 시 때문이었다. 그 시를 알게 된 경위는 정말이지 무척 우연한 계기에서였다. 나는 키보드를 두드릴 때 항상 '독수리 타법'을 사용한다. 오직 양손 검지로만 두드린다. 열 손가락을 모두 사용하는 '축지 타법'은 항상 배우고 싶은 꿈이다.

그래서 종종 〈한컴 타자 연습〉을 통해 타법을 연습한다. 어느 정도 숙달이 되고 나서 '짧은 글 쓰기'라는 게임에 도전했다. 그때 처음 연습한 짧은 글이 바로 윤동주 시인의 시였다. 〈별 헤는 밤〉이라는 시를 간략하게 소개한다.

(선략)

별 하나에 추억(追憶)과
별 하나에 사랑과
별 하나에 쓸쓸함과
별 하나에 동경(憧憬)과
별 하나에 시(詩)와
별 하나에 어머니, 어머니

어머님, 나는 별 하나에 아름다운 말 한마디씩 붙여봅니다. 소학교 때 책상을 같이 했던 아이들의 이름과 패, 경, 옥 이런 이국 소녀들의 이름과, 벌써 아기 어머니 된 계집애들의 이름과 가난한 이웃 사람들의 이름과 비둘기, 강아지, 토끼, 노새, 노루, '프랜시스 잠', '라이너 마리아 릴케' 이런 시인들의 이름을 불러봅니다.

(후략)

　시인 윤동주는 헤아릴 수 없는 우주의 별 하나하나에 이름을 붙였다. 만주 북간도에 사는 가족들에 대한 사무치는 그리움을 가득 담아, 밤하늘을 수놓은 별에 사랑하는 이름을 부르고 썼다.

　이름에 관한 한 윤동주 시인과 같은 감정을 느낀다는 것은 실로 영광스러운 기분을 들게 한다. 그러나 사실 이상한 사람 취급을 당할까봐 아직 단 한 번도 어딘가에 말해본 적이 없다. 실력이 늘지 않아 나는 여전히 두 개의 검지로만 키보드를 두드리고 있고, 이 글을 정말 책에 실어야 하나 끊임없이 부끄러워하며 고민하고 있다.

　하지만 내 손에서 피어난 그대들의 이름이 계속해서 나를 다정하고 씩씩하게 만드는 용기가 되고 있음을, 이 청각장애인의 친구가 되어줘서 고맙다는 말을 한 번쯤은 전하고 싶었다. 그래서 용기를 내어 오늘도 당신의 이름을 적어본다.

휴대폰 케이스 속
여자아이

일하던 편의점 앞에 큰 빌딩이 하나 있는데, 웬 대기업이 통째로 입주한다는 소문이 들리더니 층별로 나눠 쓰던 작은 회사들이 줄줄이 빌딩을 빠져나갔다. 내부를 다시 공사하는 듯 한동안 덤프트럭과 크레인들이 줄지어 오갔다. 자연스럽게 한동안 편의점에 회사원들이 뜸해지고 공사판 인부들이 자주 들락거리면서 단골이 되었다.

공사장 인부라고 하면, 나는 자연스럽게 〈굿 윌 헌팅〉이라는 영화가 생각난다. 윌과 친구들은 대학교에서 청소부 일을 하거나 공사판에서 막노동을 하며 생계를 유지한다. 수학과 물리에 뛰어난 지능을 가지고 있는 윌은 외려 그 천재성 때문에 삶이 권태롭고 부질없다고 느낀다. 다행히 숀 교수와 친구들 덕분에 사랑과 인간성을 배운다. 공사판에서 처키가 윌에게 건넨 대사는 꽤 극적이었다.

"내 생애 최고의 날이 언젠지 알아? 내가 너희집 골목에 들어서서 네 집 문을 두드려도 네가 없을 때야, 안녕이란 말도, 작별의 말도 없이 네가 떠났을 때라고. 적어도 그 순간만은 행복할 거야."

윌이 사랑에 솔직하지 못하고, 자신의 재능을 활용하려 하지 않고, 공사판을 전전하는 것을 늘 안타깝게 여긴 친구의 진심 어린 쓴소리였다. 덕분에 윌은 비로소 심경에 변화가 찾아왔다. 공사판에서 싹트는 인간애. 처키의 결연한 충고 덕분에 윌은 자신의 사랑을 위해 먼 길을 떠난다. 고된 공사판에서도 인간성이 태어나고 자신의 삶을 위한 무언가를 찾고 있다는 사실이 낭만적인 영화였다.

편의점에 찾아오는 인부들은 늘 하나같이 행색이 추레하고 시멘트 자국과 먼지가 많이 묻어 있었다. 시끄러운 공사판에 적응한 듯 목소리가 우렁차다. 계산대에 커피와 음료수를 올려놓고 신용카드나 현금을 건네주는 행동 하나하나에 무뚝뚝함과 효율적인 절제미가 드러났다. 우악하고 드세다는 표현이 잘 어울렸다.

편견으로 가득한 말이지만, 나와는 다른 세상에 사는 사람들이라는 생각을 늘 했기 때문에 첫인상은 사실 좋지만은 않았다. 진상을 부릴까봐 무섭고 떨었다. 그래도 살면서 언제 인부들과 이렇게 마주칠 기회가 있겠나. <굿 윌 헌팅>을 보면서 인부들도 저마다 가슴에 품고 살아가는 로망이 있는 사람들이라는 사실이 내 가슴에 불을 지폈다. 그들이 정말 궁금했고, 말을 섞어보고 싶었다.

오래지 않아 그들이 외형과는 다르게 따뜻하고 정 많은 사람들이라는 사실을 알게 됐다. 쉬는 시간에 시멘트 잔뜩 묻은 점프슈트를 입은 무리들이 떼로 몰려와 냉장고의 캔 커피를 싹쓸이해온다. 캔 커피가 한가득 담긴 바구니를 쿵 계산대에 올려놓는다. 내가 바코드를 찍는 동안 내가 계산하겠노라고 자기들끼리 우악스럽게 밀치고 쫓아낸다. 부담스러운 결제를 끝내고 나면 꼭 계산대에 캔 커피 하나를 까먹고 떠난다.

"하나 안 챙기셨어요!"

일사불란하게 떠나는 무리들을 향해 내가 소리치면,

한 인부가 짤막하게 답한다.

"그거 니꺼다."

'오다 주웠다'라는 유명한 드라마 명대사급으로 손발
이 마구 오그라드는 이 대사가 이렇게도 설렐 일인가. 덩
그러니 남겨진 캔 커피가 무뚝뚝함 속에서도 다정함이 담
길 수 있다는 걸 알려줬다. 우리 편의점에 오는 인부들의
말투와 억양은 자칫하면 시비조로 들릴 수 있는데, 내용
에만 집중하면 그렇게 다정한 말이 더 이상 있을 수가 없
다.

"청각장애가 있는데 우예 편의점을 하노? 내 같으믄
진즉 다른 거 했다! 거 해가꼬 얼마 버나? 애개, 고작 그
만치 주나?"

"그만두고 내 밑으로 온나. 기술 가르쳐 주꾸마! 아따,
머슴아가 편의점이 뭐꼬?"

시비인지 걱정인지 모를 말을 거침없이 뱉으면서도 늘
캔 커피 하나를 남겨준다.

"잔돈은 됐다. 빵 사다가 같이 무라!"라며 시크하게 떠
나는 뒷모습을 보며 조금씩 이해한다. '아, 저 사람들은 그
냥 저렇구나. 저게 애정 표현이구나.'라고.

사람이 다 제각각인 만큼 모두가 떼로 몰려다니지만은

않는다. 성질이 맞지 않아 늘 혼자 조용히 와서 자기 몫의 먹고 마실 만큼만 사는 인부들도 더러 있다. 아무래도 그런 인부들이 기억에 더 남는다. 무리 지어 다니는 사람들보다 상대적으로 시선이 한 사람에게만 닿기 때문이다. 이분은 무리에 적응을 못 한 걸까, 성격이 소심한 분일까, 사연이 있는 분일까? 나는 혼자 짐작하며 인부의 세계관을 창조하고 애틋하고 짠한 사연을 뚝딱 지어낸다.

나 혼자 지어낸 망상에 흠뻑 빠져서는 괜히 혼자 다니는 인부들을 더 잘 챙겨줬다. 점장님께서 단골손님들이 오면 드리라며 따로 빼둔 음료수를 한 잔씩 건네 드리며 사글사글하게 말을 걸었다. 얘가 왜 이렇게 잘해주나 끝까지 의심하는 인부도 있었고, 수줍게 대화를 주고받으며 가까워진 인부도 있었다.

그중에 류 씨 성을 가진 인부 아저씨가 있다. 류 씨 아저씨의 낯가리는 수줍은 성격 탓에 무려 한 달 동안 걸로는 인사만 했다. 그러다 이제 나와 충분히 친해졌다고 생각했는지, 부끄러운 낯빛을 하고서 자기 휴대폰 케이스를 보여줬다. 카드뿐만 아니라 신분증을 꺼내지 않고도 보여줄 수 있는 투명한 커버가 있는 버건디색 가죽 케이스였다. 신분증을 넣는 자리에 웬 어린 여자아이의 증명사진이 한 장 끼워져 있었다. 자기 딸이란다. 류하선. 하선이가 일곱 살일 때 찍은 사진이었다.

내년에 하선이는 고등학교 3학년이 된다. 아저씨는 하선이가 초등학교 6학년일 때부터 말 한마디 제대로 섞어 보지 못했다고 말했다. 지방으로 공사판을 다니며 바쁜 와중에 사춘기까지 겹치니 자연스럽게 거리가 멀어졌다. 그렇게 수줍던 아저씨가 자기 딸 이야기를 할 때는 둑에 구멍이 뚫린 듯 수다를 마구 쏟아냈다. 요지는 자기 딸과 다시 친해지고 싶어서, 내게 고민 상담을 해온 것이었다. 편의점 근무자가 젊으니까 조언을 해줄 수 있으리라 생각한 모양이었다.

나는 근 두 달을 그렇게 하선이에 대한 고민 상담만 해줬다. '문이 열리네요. 그대가 들어오죠. 첫눈에 난 머리가 지끈거리기 시작했죠...' 류 씨 아저씨가 편의점 문을 열고 들어올 때마다, 속으로 남성 보컬 듀오 '유리상자'의 [사랑해도 될까요?]라는 노래를 개사해서 불렀다. 자동으로 '하선 노이로제'가 시작된다.

답답한 이 아저씨는 해결책을 제시해 줘도 실천하지 못하고 전전긍긍한다.

"그렇게 하면 하선이가 부담스러워하지 않을까?"

"말 같지도 않은 소리! 내가 어떻게 그렇게 말해... 그런 거 말고 다른 건 없니?"

나는 월에게 충고를 건네던 처키의 심정을 비로소 이해할 수 있었다. 처키는 얼마나 결연한 각오를 새겼던 것인지. 나는 이 미련한 아저씨에게 단호하게 말했다.

"아저씨. 제가 편의점에서 일하다 보면 기분이 좋은 날들이 있어요. 시재도 맞고 아무런 문제가 없는 날, 맛있는 음식이 폐기로 나와서 공짜로 먹을 수 있는 날... 근데 요즘은요, 만약에 아저씨가 환한 얼굴로 들어와서 하선이랑 다시 친해졌다고 말해주신다면, 그날이 저의 최고의 날이 될 것 같아요. 그 순간은 진짜 행복할 것 같아요."

내 진심이 잘 전해졌던 걸까, 류 씨 아저씨는 가만히 듣더니 다음에 보자며 조용히 나갔다.

그 주 주말이 지나고 다시 돌아온 월요일 오전이었다. 아저씨가 아주 화사한 낯빛으로 편의점에 들어왔다. 아무것도 집어 들지 않고 곧장 말없이 계산대 앞으로 오셨다. 또 다짜고짜 핸드폰을 들이밀었다.

이번엔 낡은 가죽케이스 안에 두 여자의 사진이 있었다. 하나는 이미 보았던 일곱 살 하선이의 사진이요, 처음 보는 하나는 그보다 좀 더 나이든, 그러나 여직 앳된 태가 많이 나는 여자아이의 사진이었다. 생경한 교복을 입고 있었지만, 분명 낯이 익었다.

"오! 설마 하선이에요?"

나는 놀라서 물었고, 아저씨는 그렇다고 대답하며 행복하게 웃었다.

어제 드디어 하선이와 단 둘이 저녁 식사를 했다고 한다. 딸이 학생증에 들어갈 사진을 찍고 남은 증명사진을 줬다고 한다. "아빠 가지든지, 말든지"라고 말하며 툭 던진 사진을, 하선이가 화장실에 간 틈을 타 몰래 케이스에 끼웠다며 킬킬 웃는다. 자기 마음을 솔직하게 드러내지 못하는 것이 영락없이 부전여전이었다. 귀엽기도 하고, 어이가 없기도 해서 나도 킬킬 웃고 말았다.

이제 아저씨는 예전만큼 고민 상담을 하지 않는다. 이제 휴대폰 케이스 속 고등학생 여자아이가 그 빈자리에 대신 자리하고 있다. 늘 혼자 편의점에 오는 아저씨가 캔 커피와 빵을 사고, 삼성페이를 이용해서 결제할 때마다 얼핏 사진 속 아이와 눈이 마주친다. 일곱 살 하선이와 열여덟 살 하선이가 은은하게 미소 짓는다.

그럴 때마다 괜히 가슴이 벅차오른다. 무뚝뚝한 아저씨에게도 지키고 싶은 것이 있다는 생각에. 수년을 말하지 않고 지내기만 했던 딸이 아저씨에겐 삶의 전부였다는 생각에. 그 사랑의 기운이 내 마음을 콕콕 두드린다. 고맙다고 웃으며 편의점 문밖을 나서는 아저씨의 뒷모습과, 마침내 사랑하는 여자를 만나러 고속도로를 달리며 끝나는 [굿 윌 헌팅]의 엔딩 장면이 겹쳐 보였다.

슬기로운
평범한 사람들

어렸을 때부터 내가 늘 존경하는 사람은 소위 '평범한 사람들'이었다. 매일 아침에 일어나 출근하고, 커피를 두세 잔 마시며 졸음을 쫓아내고, 퇴근하면 친구들과 술자리 약속을 잡거나 취미 생활을 즐기는 하루를 보내는 그런 평범한 사람들 말이다.

술잔을 부딪치며 맨날 퇴사하고 싶다고 푸념하면서도, 늘 순하고 명랑하고 인정이 좋은 사람들. 나는 그런 사람들을 좋아하고 존경한다. 나는 그 사람들을 평범하다고 생각하지 않는다. 그들은 그 누구보다 비범하다.

정작 본인들은 자신이 얼마나 비범한지 잘 모른다. 권태롭고 반복적인 일상을 버티는 성실함과 인내심, 원하든, 또 원하지 않든 주어진 일을 처리하는 책임감, 남은 시간을 좋아하는 일에 쏟는 체력, 이런 날들을 매일 이어가는 지구력까지. 도대체 그 어디가 평범하다는 말인가.

나는 주변의 '평범한 사람들'에게 자주 표현하곤 한다. 정말 존경스럽고 대단하다고. 그럴 때마다 평범한 사람들은 수줍어하며 손사래를 친다. 도대체 뭐가 대단하다는 것인지 모르겠다며 낯선 눈으로 쳐다본다.

한 번은 5년 차 직장인 친구와 저녁을 먹었다. 맨날 직장 상사 욕을 하고 퇴사하고 싶다는 말을 입에 달고 살면서, 5년 만에 팀장급 위치로 승진하고 연봉은 신입 때보다 약 1.5배가 늘어난 이상한 녀석이다.

하루라도 직장 상사 욕을 하지 않으면 가시가 돋는 마냥 버릇처럼 내뱉는 직장 상사 욕을 멍하니 듣다가 나는 새삼스럽게 말했다.

"너 진짜 대단하다."

"또 뭐가?" 친구가 반문했다.

"어떻게 5년이나 같은 일상을 반복하면서 살 수 있지? 질릴 만도 한데."

"그래서 지금 퇴사하고 싶다고 말하잖아!"

"한두 번이냐고. 퇴사하고 싶다는 말도 똑같이 5년 차야."

내 반박에 머쓱한 듯 친구는 웃었다.

"난 진짜 네가 존경스럽다. 넌 모르지? 니가 얼마나 대단한지."

"존경할 사람이 없냐? 왜 날 존경해. 미친놈아."

"난 절대 너처럼 못 할 것 같아."

"아니야. 너도 할 수 있어. 나 존경하지 마. 난 그냥 평균이야. 평범하다고."

이 대화가 기억에 남았던 이유는 친구의 마지막 대사 때문이었다. 평균, 그리고 평범. 친구는 자신을 평균적인 사람, 평범한 사람으로 동시에 정의했다.

나는 평범은 좋아하지만, 평균은 싫어한다. 평균과 평범은 뉘앙스가 비슷하지만 매우 다르다. 평균은 지표의 중간값을 말하고, 평범은 모나거나 두드러지는 점이 없는 보통을 뜻한다. 평균은 모든 수를 강제적으로 중간값에 통일시킨 것이고, 평범은 그 값이 자연히 거기에 있는 것이다. 평균은 우리를 틀에 맞추지만, 평범은 있는 그대로를 지극히 긍정한다.

내가 이토록 평균을 싫어하는 이유는 다름 아닌 내가 평균 이하의 사람이라고 생각하기 때문이다. 늘 사람들과 사회가 정한 평균에 나는 한참 미달이거나 부족했다.

벌써 10년도 훌쩍 지났지만, 2009년 '미녀들의 수다'라는 인기 TV 프로그램이 있었다. 여러 국적의 미녀들을 모두 데려와 이런저런 이야기를 나누는 토크쇼다. 이 쇼는 키가 작은 남성들의 공분을 샀다. 이 쇼가 오래 기억에 남는 까닭은 한 게스트의 발언 때문이다.

"키 180cm 이하인 남자는 남자로 보이지 않아요. 키 작은 남자는 루저라고 생각해요."

이 발언에 서너 명의 게스트들도 동의하며 일파만파 커져 사회적 논란으로 비화 되었다. 문제의 게스트들은 사과 및 하차하고, 제작진까지 징계를 받았다. 그리고 얼마 지나지 않아 프로그램은 폐지 수순을 밟게 됐다.

잘못된 발언을 한 당사자들이 적절한 징계를 받은 것은 물론 다행스러운 일이나, 이처럼 말이란 그 자체로 가혹하다. 말은 한 번 뱉으면 결코 주워 담을 수 없다. 말의 힘은 어마어마하다. 입에서 입으로 전해지며 급속도로 확산된다. 당시 게스트의 발언은 한창 사춘기였던 남학생들에게 큰 타격을 줬다. 180cm가 되지 않는 남자아이들은 '루저'라고 놀림을 받거나, 피해의식을 가지는 경우가 많았다.

요즘도 〈남녀의 이상적인 키 차이〉 이런 것들이 크게 유행한다. 지금도 SNS 어딘가에서 입소문을 타며 여기저기에 공유되고 있다. 게시물에 따르면 남자의 키가 170cm일 때, 여자의 키가 158cm여야 가장 이상적인 커플 모습이란다. 남자가 175cm면 여자는 163cm, 남자가 180cm이면 여자는 167cm…게시물을 만든 창작자는 참 고맙게도 커플이 됐을 때 어울리는 남녀의 키를 1cm 단위로 아주 자세하게 정리했다.

이런 기준은 어떻게 정해지고 만들어지는 걸까? 황당하면서도 한편으로는 납득하는 나를 보며 놀랐다. 이 허무맹랑한 주장에 따르면 나는 160cm의 여자를 만나야 보기에 잘 어울린다. 예전에 사귀던 여자친구의 키가 160cm였으니 '우리 꽤 잘 어울리는 사이였던 것 같기도?'라는 생각이 들었다. 댓글로 자기 애인을 태그하며 많은 사람들이 납득하는 모습을 보고 있노라니, 창작자가 꽤 평균적으로 제작하려 애쓴 것은 자명해 보였다.

오늘날 MBTI가 크게 유행을 하는 것도 같은 맥락일 것이다. 분명 MBTI는 생각과 언행에 대한 '결과값'일 텐데, 어느 순간 생각과 언행을 정당화하는 '핑계값'으로 사용되고 있다.

그렇다 보니 "이런 분위기가 어려운 걸 보니, 나는 I가 맞나봐."라고 말하는 게 아니라, "내가 I라서 이런 데 적응을 잘 못해. 네가 이해해 줘."라고 말한다. 또는 상대가 공감을 못 해준다고 해서 "너 T야?"라고 비꼬거나, "내가 T라서 그래. 어쩔 수 없어."라는 식으로 자기 방어를 하는 데 사용하는 경우도 많다. 물론, 이 모든 게 단지 '밈'일 뿐이고, 즐기면 된다는 걸 알지만 주객이 전도된 느낌을 지울 수가 없는 것은 사실이다.

평균을 정하는 것은 분명 속 편한 일이다. 그 까닭에 평균은 우리들에게 잔혹하고 폭력적이며 무자비해진다. 온갖 수많은 개성과 변수와 기준은 말살한 채, 하나의 기준이 진리인 양 예쁘게 포장되기 때문이다. '보기에' 잘 어울리는 키 차이라니, 언제부터 연애가 누가 예쁘게 봐주길 바라는 마음으로 하는 행위로 전락해 버렸을까.

이성애 관점에서만 서술된 부분도 상당히 시대착오적이고 편파적이다. 요즘처럼 힘겹게 용기내서 양지로 나오는 다양한 젠더와 장애인에 대한 배려도 부족하다. <궁합이 맞는 커플 키 차이>는 휠체어 위에서 평생을 보내야 하는 신체 장애인들을 배려하지 않은 셈이다. 함께 즐길 권리가 있는 SNS에서조차 평균에 외면당하고 소외받는 기분은 얼마나 서글플까.

나를 포함해 주변에도 그런 친구들이 꽤 있었다. 마음이 잘 맞고 서로 좋아하는 마음이 있어도 '여자가 키가 너무 커서' 혹은 '남자가 너무 작아서' 사귈 수가 없다고 단정 짓는다. 한 친구는 길을 걸어가면서 지나가는 사람의 키와 자신의 키를 비교해 보면서, "흠, 저분은 키가 170cm 정도 되는 것 같지?"라고 나에게 동조를 구하기도 했다. 상대방이 자신보다 키가 큰지 작은지에 집착하는 친구를 보며 마냥 비난할 수 없었다. 나도 좋아하는 이성의 키가 나와 비슷하거나 혹은 크다는 이유로 단념한 경험이 있었기에 어떤 마음인지 이해가 됐다. 이게 바로 평균이 주는 폭력적인 힘이다.

나는 예전부터 평균이 참 무서웠다. 내가 가진 것들은 언제나, 늘, 항상 평균 미달이었다. 평균을 넘어서기 위해, 아니 최소한 평균만큼은 되기 위해 얼마나 많은 땀과 눈물을 소모했는지 나조차도 헤아릴 수 없을 지경이다.

어렸을 때부터 줄넘기와 농구를 거의 매일 했다. 하고 싶지 않은 날에도 부모님은 줄넘기를 손에 쥐어주시곤 "1000개만 하고 와."라며 문밖으로 내보내셨다. 성장판이 밤 10시부터 새벽 2시 사이에 가장 활발하다며, 꼭 10시 전에 누워야만 했다. 잠이 오지 않아 새벽을 지새우며 말똥말똥 어두운 천장을 바라보면서 얼마나 많이 자책했는지 모른다. 차로 30분 거리에 있는 용하기로 소문난 한의원에서 뼈도 맞추고, 무릎에 아픈 침도 맞았다. 어쨌거나 각고의 시간과 비용이 들어갔는데도 불구하고 여전히 한국 남성 평균 키보다 작다는 사실은 그것대로 허탈하고 억울하다.

남들 하는 만큼의 언어 및 청각 능력을 키우기 위해 아침 일찍 일어나 지하철로 왕복 2시간 거리에 있는 청음 훈련소에서 매일 훈련을 받았다. 자리에 앉아 커다란 헤드셋을 끼고 반복적으로 '삐- 삐-' 같은 기계음을 청취해야 했다. 능력이 향상되기는커녕 반은 '내가 여기서 뭘 하고 있나'하고 성찰하고, 나머지 반은 꾸벅꾸벅 졸기 일쑤였다. 정작 훈련소에서는 성과가 전혀 없고, 살면서 사람들과 부대끼다 보니 자연스럽게 듣는 능력과 발음이 나아진 것은 참 아이러니하다.

　신장은 평균 미달, 학교 다닐 때 성적도 평균 미달, 청
력 및 분별력은 한~참 미달, 연봉도 평균 미달. 평균을 초
과하는 건 오로지 몸무게뿐인 듯하다.
　아, 싫다. 끔찍이도 싫다. 평균에 맞추는 삶은 완전히
질렸다. 평균이 곧 정답은 아닌데 말이다. 자기가 가진 것
들이 평균에 완벽하게 들어맞는 사람은 결코 없을 것이
다. 평균은 그저 분류하고 계산하기 쉽게 만들어진 지표
에 불과할 뿐인데, 어느 순간부터 우리는 평균보다 뛰어
나야 하거나 최소한 평균은 해야 한다고 생각하게 됐다.
그렇지 않으면 '남들 하는 만큼도 못하는' 사람이 됐다고
느낀다.

　평균에 못 미친다고 손해 보는 건 없다. 게다가 노력으
로 극복 불가능한 신체적인 한계는 더욱 논외로 쳐야 할
것이다. 그런데도 스스로에게 화살을 쏘고 창을 찌른다.
일부러 자격지심과 자기연민을 만든다. 통제할 수 없는
것을 통제하고 싶어 하니 큰 불행이 따른다.
　더 이상 평균이라는 잣대에 나를 맞추고 싶지 않다. 내
가 정하지도 않은 것으로 스스로 상처 입히는 일은 그만

하고 싶다. 내가 통제할 수 없는 일로 불행해하고 싶지 않다. 평균적인 사람보다는 평범한 사람이 되고 싶다. 평균에 휘둘리는 속 빈 강정이 아니라, 토실토실 잘 여물은 평범한 밤 알갱이가 되고 싶다.

그래서일까. 평범하게 사는 사람들이 애틋하고 좋다. 주어진 삶을 둥글게, 부드럽게 살아가는 평범 속에는 그가 오랜 시간 연마해 온 인내심, 성실함, 끝까지 잃지 않은 선함과 유쾌함이 고스란히 들어있다. 그렇게 나는 단단한 감정으로 꽉 찬 '슬기로운 평범함'을 사랑한다.

등잔 밑이
어둡다더니

서울에서 강원도 양양까지 차로 여행을 떠나면 양양 고속도로를 타게 된다. 양양고속도로의 별명은 개미지옥이 아닌 '터널 지옥'이다. 편도로만 63개, 왕복 도합 무려 123개의 터널을 지나게 된다. 전 구간의 73%가 터널인 만큼 악명 또한 자자하다. 특히, '인제-양양 간 터널'은 무려 10.6km의 길이를 자랑한다.

터널을 만든 시공사는 제 딴에는 운전자들이 덜 지루하라고 터널 안에 LED로 무지개 효과를 내기도 하고, 또 도로에 홈을 파서 차바퀴가 지나갈 때 음악 소리가 들리게 한다든지 온갖 노력을 해둔 모양이지만 지루한 건 어쩔 수 없는 노릇이다.

우리가 끝이 보이지 않는 터널을 버티고 통과할 수 있게 하는 힘은 무지개 이펙트나 신기한 음악 소리 따위가 아니다. 언젠가는 이 터널도 반드시 끝이 나리라는 사실을 알고 있는 데서 온다. 새파란 하늘이 맞닿은 해변으로, 혹은 안온한 집으로 향한다는 '희망' 때문이다.

지난 3년 동안 전 세계가 다함께 코로나 바이러스라는 길고 암울한 터널을 달렸다. 2020년을 대표하는 키워드는 '코로나' 단 세 글자로 일축할 수 있을 만큼 코로나 펜데믹은 대사건이었다. 때문에 배달 앱, 재택근무와 같이 '비대면'이라는 새로운 생활 방식이 자리를 잡았다. 또 하늘길이 막히고, 아시아인과 동양에 대한 혐오와 차별이 만연했다. 갈수록 서로에 대한 의심과 불안의 골이 깊어져만 가던 시기였다. 코로나로 인한 절망과 좌절이 깊었던 이유는 감염되기 전의 불안이나 감염된 후의 고통 때문이 아니다. 도저히 끝이 보이지 않았기 때문이다.

2023년 3월 20일은 그래서 나에게는 잊을 수 없는 날이기도 했다. 이날은 공식적으로 실내 및 대중교통에서 마스크 착용 의무화가 전면 해제된 날이다.

며칠이 지나고 친구와 인사동 근처에 있는 카페를 갔는데, 직원들이 모두 마스크를 벗고 있었다. 작년만 해도 마스크를 쓴 직원의 말을 알아듣지 못해 매번 같이 간 친구가 입 모양을 보여주면서 "현금영수증 필요하냐고 물어보세."라고 통역해 주고는 했다. 친구의 말에 황망히 더듬거리며 괜찮다고 대답할 때마다 괜시리 초라해졌던 기억이 난다. 하지만 그날은 직원들의 말을 모두 알아들을 수 있었다.

"콜드브루 한 잔 주세요. 마시고 갈게요."

"고객님. 콜드브루 원두 종류가 두 가지입니다. '만델링'이랑 '니카라과' 어떤 것으로 하시겠어요?"

"어...고소하고 묵직한 걸로 주세요."

"아, 그럼 니카라과로 해드릴게요. 현금영수증 필요하세요?"

"아니요."

"네. 5,500원입니다. 카드 받았습니다. 결제되었습니다. 진동벨 울리면 받으러 오세요."

"감사합니다."

누군가는 돌아서면 휘발되었을 대화가 나에겐 한참이나 명징한 여운을 남기고 말았다. 코로나의 시대가 언제 끝날지 도무지 알 수가 없어 고단한 마음으로 주변 사람들에게 늘 "우리가 언제쯤 다시 마스크를 벗고 살 수 있을까?" 하는 질문을 던지던 나였다. 누구에게도 결코 정확한 대답을 들을 수 없으리라는 사실을 알면서도, 실없고 허황된 예측에라도 마음을 기대어 위안을 받고 싶었던 필사적인 질문이었다.

모두가 얼굴의 반쪽만 드러내고 다니는 비정한 하루하루에 체념할 즈음, 제 3자의 도움 없이도 카페 직원과 직접 소통한 경험은 전율을 일으키기에 충분했다. 아득하고 영원한 터널의 끝에서 스며들어오는 햇빛을 드디어 목격한 기분.

관련 기사들을 찾아 읽다가, 2023년 7월부터는 병원 및 위험 지역까지 모두 전면적으로 마스크가 해제된다는 기사를 읽었다. 그날의 감정을 되새기며 뒤늦게 글을 쓰고 있는 지금도 그 기사의 제목과 내용이 여전히 선연하다.

한국경제의 이○○ 기자님이 쓴 그 기사는 [일상으로의 복귀]라는 타이틀을 내걸고 있었다. 나는 무엇에 홀린 듯이 '일상으로의 복귀'라는 문장을 계속 곱씹었다. '일상'만큼 터무니없이 작고 가벼운 것이 그다지 없을진대 그 따위가 얼마나 눈물겹도록 반갑고 그리웠으면...

어디에서든지 반드시 마스크를 착용해야만 했던 '거리두기 3단계' 시절에 하루 종일 진땀을 뻘뻘 흘렸던 일화가 생각난다.

강남역에서 교보문고를 가려고 한참 길을 헤매다가 앞에서 걸어오는 아저씨에게 길을 물었다. 교보문고에 가려면 어떻게 가야 하냐고 여쭸다. 보통은 대부분 길을 가르쳐줄 때 어느 쪽으로 가라고 손이나 몸으로 방향을 가리켜주곤 한다. 알아들을 수는 없지만, 아저씨의 손짓과 몸짓으로 요령껏 이해해 볼 요량이었다.

그러나 애석하게도 아저씨는 아무런 미동도 없이 말씀만 끊임없이 하셨다. 도저히 알아들을 수가 없었지만, 생판 모르는 사람에게 청각장애가 있다는 사실을 굳이 고백하고 싶지 않았다. 이 조심스러운 시기에 마스크를 내리고 말씀해 달라고 부탁드리기도 죄송했다. 나는 포기하고 내가 길을 직접 찾아보기로 생각을 바꿨다. 아저씨에게 알아들은 척, "아~ 감사합니다!"라고 말하고 갈 길을 떠났다.

그런데 갑자기 아저씨가 아주 황당한 토끼눈을 하고 내 어깨를 붙잡았다. 나는 무언가 잘못되었음을 느꼈다. 알고 보니 아저씨는 교보문고가 강남역과 꽤 거리가 있어서 내게 걸어서 갈 것인지, 버스를 타고 갈 것인지 되물어 본 것이었다. 마스크에 가려져 있어 알아듣지 못했거니와, 습관적으로 알아듣는 척을 하는 나쁜 버릇 때문에 생긴 큰 오해였다. 청각장애가 있어서 그랬다고 연신 사과를 드렸지만, 아저씨는 당황한 기색을 끝까지 숨기지 못하셨다.

비참하고 난처한 기분으로 교보문고에 도착했다. 읽고 싶은 책들을 고르고 계산대에 갔다. 마스크를 쓴 직원이 질문을 했다. 알아듣지 못했지만, 나는 다짜고짜 "아니요."라며 고개를 저었다. 서점 직원의 질문은 보통 세 가지다. '봉투', '멤버십 적립', 그리고 '영수증'. 세 개 다 필요하지 않았기 때문에, 예수를 세 번 부정한 베드로처럼 "아니요"만 세 번 말하면 됐다.

그런데 마치 아까의 데자뷰처럼 직원이 황당하다는 토끼눈을 했다. 나는 내가 또 뭘 잘못 했구나 직감했다. 알고 보니 직원이 "이 책은 한 번 구매하시면 환불이 불가능한 상품입니다."라고 고지했는데, 내가 열심히 고개를 저으며 "아니요."라고 대답했으니, 직원이 황당할 만도 했다. 나는 한껏 민망해진 얼굴로 사과하며 처음으로 고개를 끄덕였다.

사람의 얼굴을 마주 보아야만 대화가 이어질 수 있는 나에게 마스크를 강제하는 그 시대는 매우 비정하고 잔혹했다. 스스로 너무 부끄럽고 민망했는지, 한동안은 지도 앱에 의존하며 길을 찾았고, 필요한 것들도 웬만하면 온라인으로 주문했다. 사람과 말을 하는 것이 두려웠다.

그래도 그렇게 길고 긴 터널이 내내 고단하고 불행하기만 했느냐고 묻는다면 그건 아니다. 약 3년간 이어진 코로나 시대에 나는 무엇과도 바꿀 수 없는 귀한 능력 한 가지를 얻었다. 바로 사람의 선함을 끝까지 믿을 수 있는 '회복탄력성'이다. 시대의 온정과 친절을 기대할 수 없었으니, 사람에게 의지할 수밖에 없었다. 그 시작은 다정하고 사려 깊은 친구들로부터 말미암았다.

이쯤에서 편의점 이야기를 꺼내지 않을 수가 없다. 나는 편의점 이외에도 여러 알바를 해봤고, 직장에서 오래 근무했던 경력도 있지만, 신기하게도 내 이야기보따리는 대부분 편의점에서 태어난다. 아무래도 편의점은 수많은 인간 군상들을 매일 마주하는 공간이니 매번 예측을 불허하는 흥미로운 경험을 더 자주 겪을 수밖에 없다.

아무튼 한창 편의점 아르바이트에 매료되어 있었을 때의 일이다. 코로나 시국이 되면서 손님들이 마스크를 쓰고 들어와 근무 난이도가 확 올라버렸지만, 일이 쉽고 간단하거니와 대부분 나를 잘 아는 단골손님들이었기 때문에 그럭저럭 근무를 계속 이어가고 있었다.

당시 나는 한동안 주변 친구들에게 편의점 홍보대사로 불릴 만큼 "알바할 거면 편의점을 해라."하며 열심히 영업을 하고 다녔다. 나의 무차별적인 '편의점 예찬론'에 감화되어 집 근처에서 편의점 아르바이트를 하고 있었던 친구, '티라노'에게 카톡이 왔다. 어마어마한 덩치에 비해 손은 조막만 해서 붙여진 별명이다.

[야! 오늘 우리 매장에 청각장애인 손님 왔다 가셨음.]
[오호, 그래?]
[계속 봉투 드릴까요? 1+1 상품이라 하나 더 가져오세요. 이것저것 말 거는데 계속 답이 없으셔서 슬쩍 보니까 귀에 인공와우를 하고 계시더라고? 딱 알아봤지 ㅋㅋ]

[그래서 뭐가 어떻게 됐는데?]

[그냥 마스크 내리고 입모양 크게 보여드리면서 천천히 말했거든. 그러니까 바로 알아듣고 대답하시면서 은근히 좋아하시더라. 고맙다고 여러 번 인사하셔서 나도 기분이 좋았음.]

[오~~ 티라노 센스 보소 ㅋㅋㅋ]

[기분이 묘하더라. 내가 너랑 대화하는 방법을 알고 있으니 망정이지. 이야, 살다 보니 네가 도움이 되는 날이 다 있네? ㅋㅋㅋ]

[크~ 잘했다! 역시 내 친구다!]

[아 그리고, 너 혹시 간단하게 수어 아는 것 좀 있냐? 기본적인 것만 배워두면 유용할 것 같은데.]

이 얼마나 다정하고 고마운 말인가. 알아듣지 못해서 늘 배려받는 입장인 내가 '도움이 되었다'니. 앞으로도 티라노는 우연히 만나는 청각장애인들에게 그토록 정확하고 환한 언어를 건네게 될 것이다. 아마 티라노와 마주치는 여러 청각장애인들은 내가 느낀 따스한 기분을 느낄 것이다. 듣지 못해서 배려를 받아야만 하는 나의 수동적인 면이 언제나 싫었는데, 그마저 따뜻한 영향력으로 헤아리는 인간의 선함이 도처에 있었다. 그것도 바로 옆에 말이다.

　이뿐만이 아니다. 또 다른 친구 '푸우'는 나에게 입모양을 정확하게, 또박또박 발음해서 말을 건네는 것이 습관이 된 나머지, 주변 지인들에게 긍정적인 평가를 받고 있다고 이야기해 줬다. 그는 요즘 주변 사람들에게 "너 발음 정말 좋다"는 말을 많이 듣는다고 한다. 푸우는 "너 때문에 어쩔 수 없이 발음이 정확해진 건데, 그 덕분에 발음 좋다는 칭찬도 다 들어보네. 네가 내 인생에 도움이 되는 날도 있긴 있구나."라며 장난기 넘치는 농담을 건넨다.

　티라노와 카카오톡으로 대화를 한 지 며칠 지나지 않아 나는 놀랄 수밖에 없었다. 내가 일하던 편의점에서도 비슷한 일이 생겼기 때문이다.
　이번엔 티라노의 상황과는 달리 역할이 반대였다. 근무자가 청각장애인이고, 손님이 비장애인이다. 젊고 단정했던 그 손님은 마스크를 내리고 입모양을 보여주며 담배를 주문했다. 너무 크지도 않고, 그렇다고 너무 작지도 않은 적당한 데시벨로. 다정하고 정중한 말씨로. 뜨겁지도 서리지도 않은 온도로. 그러나 아주 정확하고 환한 언어로.

모든 게 군더더기 없이 깔끔했다. 나는 다시 되묻거나 당황하는 일 없이 곧바로 담배를 꺼내 계산을 도와드렸다. 아무렇지 않게 편의점을 떠나는 손님의 뒷모습을 보며 생각했다. 저 사람은 청각장애인을 배려하는 방법을 어떻게 배웠을까? 혹시 저 손님에게도 청각장애를 가진 가족이나 친구가 있었을까?

'감동'이라는 단어로 쉽게 치환해버리면 안 될 것 같은 작고 사소한 순간들이 내 삶의 여러 장면 사이사이에서 이따금 등장한다. 그럴 때마다 가슴 깊은 곳에서 무언가가 마구 샘솟는다. 기어코 사람의 선함을 믿고 싶도록 만든다.

그런 이야기들은 나를 변화시킨다. 어떤 상황을 마주해도 긍정적으로 해석하고, 좋고 아리따운 것들만 쏙쏙 뽑아 발견할 수 있도록 만든다. 한껏 누리며 기뻐할 수 있는 여유와 자비를 갖도록 만든다. 비록 편견과 이기심은 완전히 사라지지 않고, 또 속절없이 무너지게도 하지만 몇 번이고 다시 일어설 수 있는 회복탄력성을 가르쳐준다.

　내가 지나온 터널은 분명 아주 길고 지루하고 괴로웠다. 어느 때는 보이지 않는 출구를 그리다 체념하고 좌절했다. 그러나 아주 뒤늦게 이 사실을 깨달았다. 사랑하는 사람들이 조수석과 뒷좌석에 앉아 신나는 음악을 틀고, 가끔씩 간식을 입에 넣어주며, "미친, 터널이 왜 이렇게 기냐?"라며 함께 욕해주고, 바닷가에 도착하면 뭘 할지 이야기하며 웃고 있다는 사실을. 무지개 이펙트와 노랫소리가 들리는 도로는 생판 모르는 타인이 운전자를 걱정하며 애써 만든 배려와 온정이었다는 사실을. 터널의 어둠에 가리워진 바람에 애써 떠올려야 했던 그런 작고 사소한 순간들이 희망을 놓지 않게 하는 믿음과 용기의 주체라는 사실을. 그리고 그것이 바로 우리가 끝까지 수호해야 할 일상이라는 사실을.

그랬다. 일상은 언제나 도처에 있었는데, 우리가 잊고 있을 뿐이었다. 이미 가지고 있던 것을 목전에 두고도 몰라봤다니, 이 정도면 '일상으로의 복귀'가 아니라 '등하불명'이라 해야 하지 않을까.

*등하불명(燈下不明): 등잔 밑이 어둡다.

무자비한
다듬이질

내가 아르바이트를 하던 편의점은 점심시간만 되면 주변 건물에서 직장인들이 인산인해로 쏟아져 나온다. 주변 식당으로 산개되어 만족스러운 식사를 끝낸 직장인들은 이 동네에 하나뿐인 우리 편의점으로 너나 할 것 없이 몰려든다. 주로 식후땡 담배를 사거나, 입가심을 하려고 커피나 달달한 음료수를 산다.

점심 열두 시부터 한 시까지는 앉아서 쉴 틈이 없다. 하도 손님들이 들락거려서 일일이 인사드리기도 어렵다. 카운터 앞에 줄 서서 기다리고 있는 손님들의 손에 들린

물건에 바코드를 삑 찍고 "○○○원입니다.", "카드 받았습니다.", "감사합니다."만 반복한다. 산업혁명 시대 컨베이어 벨트 앞 단순 노동만 반복하는 노동자가 된 기분이다. 영화 〈모던타임즈〉에서의 찰리 채플린 같다고나 할까. 그저 무미건조한 이 시간이 빨리 지나가기만을 바랄 뿐이다.

　이맘때쯤이면 점장님은 매장 점검도 할 겸 도와주러 오신다. 계산대로 들어와 보조 포스기로 계산 업무를 분담해 주시거나, 담배나 비닐봉투를 대신 꺼내주시는 등 다양하게 일손을 보태주신다. 참 감사하기 그지없다.

　특히, 물밀듯 몰려오는 손님들을 빠르게 처리하다 보면 난처할 때가 한두 번이 아니다. 정신이 없어서 집중력이 흐트러지다 보니 손님들이 요청한 담배의 이름을 알아듣지 못할 때가 많다. 더군다나 코로나가 한창 유행하던 시국이어서 모두가 마스크를 쓰고 있어서 더더욱 난처했다. 그럴 때마다 옆에서 점장님이 나 대신 담배를 꺼내주시거나, "말보로 골드 2갑 꺼내드려."라는 식으로 통역(?)을 해주셨다.

　이런 상황이 여러 번 반복되면 금세 나태해진다. 나는

146

점심시간만 되면 '점장님 의존증'이라는 중병에 걸린다. 알아듣지 못하면 재깍 다시 물어보려는 노력을 하지 않게 된다. 그냥 고개를 돌려 옆에 계신 점장님을 쳐다본다. 착하고 따뜻하신 우리 점장님은 짜증 한 번 내지 않고 끝까지 도와주신다. 담배나 비닐봉투를 꺼내주시면서. 혹여나 점장님이 다른 일정이 있어 혼자 해야 하는 날이면 금단 증상이 온 것 마냥 불안해진다.

이런 바쁜 점심시간에 가끔씩 들르는 '홍삼 캔디 할아버지'가 있다. 계산이 끝나면 항상 주머니에 있는 홍삼 캔디 한 개를 주고 가셔서 그렇게 부른다. 하필 홍삼 캔디를 제일 싫어하는 바람에 우선 웃으면서 감사히 받고서는, 시야에 사라지는 걸 확인한 뒤에야 버리곤 했다.

주신 성의가 있으니 웬만하면 먹고 싶었는데, 주머니 속에 얼마나 오래 있었는지 굉장히 뜨뜻미지근하고, 플라스틱 포장지가 쭈글쭈글 주름이 잔뜩 져 있었다. 비위가 약한 나로서는 그다지 입에 넣고 싶지 않은 캔디였다.

할아버지는 쇄골에 닿을 정도로 은회색 수염을 길게 길러서 신묘한 분위기를 자아냈다. 오래된 사진처럼 빛바랜 검회색 중절모, 소위 '깔깔이' 얇은 누빔 패딩과 상표명이 적나라하게 보이는 등산 바지에 갈색 정장 구두를 신었다. 그분이 들어올 때마다 편의점에는 항상 향냄새가 자욱했다. 마치 <나는 자연인이다>라는 방송 프로그램에 나와 깊은 산골에 약초를 캐는 자연인이나, 산 깊은 절에서 수양을 하는 도인 같다.

할아버지는 뭐라고 말씀하셨지만, 마스크를 쓰고 있어서 알아듣지 못했다. 점장님 의존증을 앓고 있던 나는 슬쩍 옆을 봤지만, 점장님은 보조 포스기로 다른 손님을 응대하느라 바쁘셨다. 하는 수 없이 할아버지께 말씀드렸다.

"손님, 죄송하지만 제가 청각장애가 있어서 말씀을 못 들었습니다. 실례지만 입모양을 보여주실 수 있을까요?"

할아버지는 기꺼이 그러겠다는 듯 고개를 끄덕이며 마스크를 벗었다. 뭐라고 말씀해 주셨지만 알아듣는 데 실패했다. 난처한 표정을 짓자, 할아버지는 웃으면서 세 번째로 말해주셨다. 으아, 못 알아듣겠다. 나는 진땀을 흘리며 다시 점장님을 쳐다봤다. 비로소 점장님과 눈이 마주쳤다.

"에쎄 프라임 한 갑 달라고 하셔."

"네! 에쎄 프라임 한 갑이요!"

나는 서둘러 내 등 뒤의 진열대에서 에쎄 프라임을 찾아서 한 갑 꺼냈다.

"떽!"

할아버지가 짐짓 무서운 표정을 하고는 크게 소리쳤다. 편의점 안에 있던 손들의 시선이 모두 할아버지에게로 향했다. 점장님도 깜짝 놀라 할아버지를 쳐다봤다. 제일 놀란 건 바로 앞에 있던 나였다. 들고 있던 담배를 떨어트릴 뻔했다.

"댁이 사장이요?"

할아버지가 점장님을 바라보며 물었다.

"네." 점장님이 대답했다.

"학생이 못 알아들어서 나한테 다시 말해달라고 부탁했는데 왜 훼방을 놓아!"

"네? 아휴... 참..." 점장님이 잘못 걸렸다는 표정으로 민망해하셨다.

모든 사람들의 시선이 할아버지에게 꽂혔다가 곧이어 나에게 꽂혔다. 부디 점심시간이 무탈하게 지나갔으면 좋겠다던 나의 바람은 아주 허망하게 산산조각이 났다.

"학생!" 할아버지가 근엄하지만, 또박또박 천천히 나를 불렀다.

"네?" 나는 보는 시선이 많아 얼굴이 확 달아오르고 괜히 주눅 들었다.

"학생도 이런 건 끝까지 본인이 스스로 알아내야 하는 게야!"

"네."

"예의 바르게 양해를 구하면 돼. 다시 묻고, 또 못 알아들었어도, 그래도! 또 묻고, 스스로 알아내야 하는 게야!"

"네, 손님. 죄송한데 기다리는 분들이 많으셔서 조금만..."

"중요한 말 하니까 잘 들어!"

난처하게 서서 점장님을 돌아봤다. 점장님은 고개를 끄덕였다. 그러고는 "고객님들 이쪽으로 오시면 계산 도와드리겠습니다."라고 말씀하셨다. 나는 자포자기의 심정으로 할아버지를 쳐다봤다. 옆에서 계산을 마친 손님마다 신기하다는 표정으로 한 번씩 할아버지를 쳐다보고 지나갔다.

"다른 사람이 옆에서 도와주면 편하지만, 평생 그렇게 살 수 없는 노릇이다."

"네."

"학생이 되묻는 건 정말 중요한 거다. 귀가 불편한 사람들은 다시 물어보고 다시 물어보고 그래서 스스로를 단련시켜야 하는 게야. 큰 경험이고, 큰 배움이다."

바쁜 점심시간에, 그것도 편의점이라는 곳에서 근무자와 손님이라는 이상한 관계로 훈계를 듣고 있자니 황당할 뿐이지 할아버지의 말씀은 솔직히 틀린 말은 아니었다. 할아버지의 얼굴은 너무도 진심이었다. 알아들으라고 또박또박, 천천히, 정확하게 들리는 훈계. 나도 모르게 주의 깊게 들으며 고개를 끄덕였다.

"알아듣지 못한 걸 두려워하지 말아. 그 중요한걸 아무한테나 쉽게 도와달라고 하지 말아! 학생, 그 시간들 속에서 스스로 단단해져야 한다. 계속 다듬이질을 하란 말이야! 직접 길을 만들어!" 할아버지는 열정적으로 양손에 방망이를 쥐고 옷감을 두드리는 시늉을 하며 열변을 토했다. 그 모습이 마치 드럼 연주를 하는 것 같이 우스꽝스러웠다. 뒤에서 기다리고 있던 손님들이 입술을 꽉 깨무는 모습을 발견했다.

"네..."

"사장! 자네도 함부로 도와주지 말고! 자네가 나쁜 버릇을 들이는 거야!" 다짜고짜 점장님을 향해서도 잔소리를 던졌다.

"예, 예, 예." 점장님은 여전히 손님들이 가지고 온 상품에 바코드를 찍고 계산을 멈추지 않으며 성의 없이 대답했다.

"그래. 에쎄 프라임 하나 줘." 한참이나 씩씩대며 우리 두 사람을 노려보던 할아버지는 다시 말했다.

"네, 4500원 입니다." 나는 냉큼 대답했다.

할아버지는 계산을 마치고 늘 그렇듯 주머니에서 주섬주섬 홍삼 캔디 하나를 꺼내서 건넸다. 여전히 쭈글쭈글하고, 손에 닿는 순간 느껴지는 미온한 포장지. 여태 소리치신 게 미안했던 모양인지 마지막으로 머쓱하게 한 마디를 하고 나가셨다.

"내가 조금 무자비했나? 다 학생을 위해서 하고 싶었던 말이니까 상처받지 말고 새겨듣게!"

폭풍 같던 점심시간이 끝나고 편의점은 귀신같이 한산해졌다. 점장님도 오늘 너무 고생했다며, 마저 수고하라는 인사를 남기고 떠나셨다. 아무도 없는 편의점 계산대에서 한숨을 돌리며 낡고 오래된 플라스틱 의자에 앉았다.

당연하게도 그 할아버지가 자꾸 생각났다. 지나가다가 하루에 딱 한 번 보는 편의점 근무자가 뭐가 그리도 밟혀서 그렇게 열변을 토하셨을까. 할아버지의 '무자비하다'라는 말이 자꾸만 머릿속을 헤집고 다녔다. 상황에 쓰일 만한 적절한 단어는 아닌 듯하면서도, 은근히 그 상황과 잘 어울렸던 단어였다. 가족도 아닌 사람에게 나의 장애를 가지고 훈계를 듣는 상황은 결코 자비롭지는 않다. 심지어 생판 모르는 사람들 앞에서 들었으니 불쾌감을 느끼는 건 자연스러운 일이다. 상처를 받을 수 있었다.

그러나 이상하게도 불쾌하지는 않았다. 살다 보면 여러 사람들을 만나기 마련이고, 뭐든지 내게 도움이 되는 쪽으로 생각하는 편이 더 나을 거라고 생각하기 때문이다. 그렇게 생각하게 된 데에는 친구 '니체'의 영향이 컸다.

이 친구는 그야말로 '무자비함'의 대명사다. 내가 들리지 않는 사람이라는 것을 뻔히 알면서 마스크를 쓴 채로 조잘조잘 수다를 떨고, 수시로 전화를 건다. 내 분신과도 같은 소중한 보청기를 순전히 호기심으로만 툭툭 건드려

보는 녀석이다. 귓속말로 속닥거리고, 입모양이 안 보여서 못 알아들었다고 하면 다시 잘 들어보라며 또 귀에다 속닥거린다. 내 처지를 잘 공감하지 않는 무자비한 친구. 자기중심적인 것인지, 아님 눈치가 없는 것인지.

매번 그럴 때마다 피곤하고 불편하지만, 나는 이 친구가 참 좋다. 너무나 밝고 건강하고 유쾌한 아이다. 친구가 나를 계속해서 그렇게 대하는 까닭은 나를 존중하지 않아서가 아니다. 오히려 나를 동등하게 여기고자 하는 자기만의 방식이라는 것을 안다. 그가 나를 대하는 태도를 보면, "나를 죽이지 못하는 고통은 나를 강하게 만들 뿐이다."라고 일갈했던 철학자 니체가 생각난다. (그래서 그녀석의 별명이 니체다!)

"나는 네가 입모양을 보지 않고서는 알아듣지 못한다면, 알아들을 수 있을 때까지 단련해야 한다고 생각해. 내가 도와줄게."

"나는 우리가 언젠가는 마스크를 쓰고도 대화가 가능하고, 전화 통화도 자유롭게 할 수 있는 날이 올 거라고 믿어."

친구가 내 장애의 정도와 처지를 나만큼 정확하게 알

지 못하므로 이런 말을 손쉽게 뱉는다는 것을 알지만, 나는 그가 이렇게 확신할 때마다 왠지 모르게 큰 위로를 받는다. 내 장애가 덜 부담스럽게 느껴지고, 나중엔 정말 그 녀석의 말처럼 이루어질지 모른다는 희망이 전신을 가득 채운다.

친구의 행동은 분명 잔혹하고 무자비하다. 그 녀석의 말을 알아들으려 애쓰느라 피곤하고 지친다. 그래도 사람에게는 이런 '무자비한 사람'도 필요하다고 믿는다. 나를 깨어있게 만들기 때문이다. 나의 정신을 한 번씩 깨끗한 물로 세척하는 느낌이다.

점장님처럼 늘 사려 깊은 분들의 배려와 선의가 익숙해져 권태롭고 안온해질 때마다, 자연인 같은 할아버지와 친구 니체의 무자비한 훈계를 들으니 얼마나 정신이 바짝 들었는지. 스스로를 더욱 선명하고 첨예하게 들여다볼 수 있도록 도와준다. 그렇게 말해주는 사람들도 내 곁에 있다는 것이 감사할 따름이다.

친애하는 작가 정주영 씨가 쓴 시각장애인에 관한 글 하나를 인용하고 싶다. (인용을 허락해주심에 감사를 드린다.)

시각장애인이 길을 걸을 때 위험할까봐 손을 잡아주면 정작 그는 보이지 않는 상태이기 때문에 위협을 느낀다고 한다. 보이지 않으니 잡아준다고 하지만 정작 당사자는 의외로 잘 걷고 있었던 경우가 많다. (중략) 시각장애인이 불안불안하게 걸어갈 때도, 사실 그만큼 불안한 상황이 아니라는 것. 오히려 불안하게 생각했던 자신의 관점을 바꿔야 한다. 남의 시선에서는 흔들려 보여도, 정작 당사자는 자신의 길에서 가장 단단해진 시간을 걷는다.

그 할아버지 눈에 나는 길을 단단하게 만들 생각은 안 하고, 누군가에게 업혀서 편하게 가려는 심보로 가득해 보였나 보다. 도움과 배려를 받는 쉽고 간단한 길. 내 앞에 놓인 길이 퍽 물렁물렁해 보여서 걱정되셨나 보다.

"계속 다듬이질을 하란 말이다! 스스로 단단해지란 말야! 직접 길을 만들어!"

순간, 진한 홍삼 향기와 함께 하얀 수염의 할아버지의 음성이 뚜렷이 보였다.

삶이 우리를
벗어나지 않도록

작업실에서 조용히 글을 쓰다 보면 종종 도망치고 싶은 마음이 든다. 여기에는 복합적인 이유들이 섞여 있다. 처음 작업실 인테리어를 꾸밀 때, 벽과 바닥, 가구를 모두 따뜻한 화이트 톤으로 통일했다. 예쁘기는 참 예쁘지만, 자칫 어딘가 눈 둘 데 없이 무난하고 평범하다는 것이 단점이라면 단점이다. 그래서 금방 질린다. 벗어나고 싶은 욕구가 샘솟는다.

또 다른 이유로는 동료들이 부재중일 때가 많았다. 이 작업실은 친구 세 명과 함께 꾸렸다. 각자 하는 일은 모두 다르지만, 같은 공간에서 서로 도움과 용기를 주고받는 시너지가 좋을 것 같아 작업실을 같이 쓰기로 합의를 봤다.

나는 한컴 오피스를 켜고 주구장창 키보드를 두드리는 일이 전부라 늘 작업실에만 있지만, 친구들은 그렇지 않다. 브랜드를 만들고 크게 키우는 꿈을 가진 녀석들은 밖에서 미팅도 하고, 시장에 가서 발품도 팔고, 공장에 발주도 하느라 동분서주 부지런하게 움직인다. 하루 종일 나 혼자 작업실에 있을 때가 많았다. 광활한 평수의 작업실을 혼자 쓰고 있노라면 퍽 외로워져서 집중력이 흐트러진다. 괜히 가만히 앉아있기가 버겁다.

마지막으로는 창작이 쉽지 않을 때 불현듯 찾아온다. 자기가 뭘 쓰고 만들고 싶은지 머릿속에 다 준비되어 있는 창작가는 아마 거의 없을 것이다. 뼈를 깎는 인고의 고통과 반복, 연습, 셀 수 없는 수정 끝에 결과물이 태어난다. 단언하건대 수많은 창작가들이 오랜 시간 한컴 오피스나 워드의 〈빈 문서〉 화면만 하염없이 바라보고 있거나, 새하얀 캔버스를 바라보며 멍하니 시간을 보낼 것이다. (사실, 지금도 그렇다!)

이 여백을 무엇으로 채울지 고민하는 시간이 즐거운

사람도 있는 반면, 여백의 시간이 길어질수록 그것이 곧 자신이 재능이 없고 무능력한 사람이라고 자책하는 창작가들도 있다. 나의 경우는 후자였다. 그럴 때마다 참을 수 없어서 도망치고 싶어진다.

삶은 그렇게 종종 외롭고 고통스럽다. 그럴 때마다 나는 여행을 떠나고 싶었다. 새하얀 작업실에서 일탈하여 형형색색의 세상을 보고 싶어서. 외롭고 지루한 감정을 해소하고 싶어서. 삶에서 도망치고 싶어서.

한 번 그런 생각이 들면 쉽게 돌아갈 수가 없다. 미술시간에 새로 떠온 깨끗한 물통에 붓을 헹구면 물감이 드라마틱하게 촤악 퍼지면서 탁해지듯이, 당장 자리를 박차고 어디로든지 떠나고 싶은 갈망이 내 온몸을 잠식한다. 지금 여기에 있어야만 하는 내가 참을 수 없이 싫어진다. 온갖 부정적인 감정들이 순식간에 증폭된다. 불필요할 만큼 스스로를 더 외롭게 만든다. 산만하게 작업실 이곳저곳을 돌아다녔다. 푸우와 딤채와 구미의 자리에 앉아서 녀석들은 무슨 일을 하고, 어떤 고민을 했을까 상상하고, 창밖에 지나가는 사람을 구경했다.

터지기 일보 직전의 욕구 불만과 외로움은 아주 간단

하고 허무하게 해소됐다. 외부 일정이 끝난 작업실 동료, '푸우'가 도착한 것이다.

"나 여행 가고 싶어." 계속해서 입 안을 맴돌고 있었던 말이 기다렸다는 듯 터져 나왔다.

"참 맥락도 없다. 갑자기?" 푸우가 당황했다.

"그러게. 여행가고 싶어서 미치겠어."

푸우는 더 이상 캐묻지 않았다. 곧바로 우리는 신나게 어디로 여행을 가고 싶은지 수다를 떨기 시작했다. 컴퓨터와 연결된 빔프로젝터를 켜서 벽에 크게 '구글 어스' 화면을 띄웠다. 구글 지도는 세계 여러 나라의 로드뷰와, 유저들이 직접 찍은 360도 파노라마 사진들도 확인할 수 있다는 매력이 있다. 참 좋은 세상이다. 방구석에서 세계의 온갖 지역을 생생하게 볼 수 있다. 심지어 우리는 갈 수 없는 여행 금지 국가인 아프가니스탄, 이라크, 북한과 같은 곳도 구글 지도라면 얼마든지 다녀올 수 있다.

나와 푸우는 새하얀 작업실 안에서 예전에 함께 다녀온 경기도의 저수지와 부산 광안리 앞바다를 구경하며 추억을 소회했다. 푸우가 어렸을 때 잠시 살았던 미국의 소도시 마을도 로드뷰로 산책하며 그의 어린 시절 이야기를 들었다. 예루살렘의 골고다 언덕을 둘러보며 기독교와 이

슬럼가는 왜 맨날 싸울까 잠시 토론했다. 또 평양의 김일성 광장, 몽골의 대초원, 인도의 갠지스 강 하구, 스위스의 몽블랑, 뉴욕의 타임스퀘어를 보면서 언젠가는 여길 모두 가보자고 신나게 약속했다.

방구석에서 신나게 펼친 '랜선 세계여행'이 끝나고 나니 언제 그랬냐는 듯 나는 전혀 외롭지 않다는 사실을 깨달았다. 당분간은 여행 생각이 나지 않을 것 같았다. 방전되기 직전에 충전기를 꽂은 것처럼 점점 충만해지는 기분을 느끼며 괜히 작업실을 둘러봤다. 참 깔끔하고 예쁘게 잘 만들었다고 뿌듯해했다.

나는 여태까지 여행을 하나의 목적 또는 종착역이라고 생각했다. 그래서 여행은 돈을 벌어야 하는 지루하고 반복되는 일상을 벗어나, 새로운 나를 발견하기 위한 항해라 여겼다. 그리고 내 행복의 종착점은 여행의 도착지에 있다고 생각했다. 그렇다 보니 여행을 위해 집 현관을 떠나는 순간부터 설레고 행복했다. 비행기에서 내려서 타국의 공항에서 풍기는 특유의 향을 맡으면 살아있음을 느꼈다.

용기를 내서 처음으로 혼자 도쿄 여행을 다녀왔던 날이 생각난다. 하도 여러 매체에서 "자고로 여행이란 혼자가는 것부터가 진짜"라고 떠들어대서 감화된 탓이었다.

여행자이자 작가인 빌 브라이슨은 혼자 여행을 가면 절대 번역기도 쓰지 않고, 통역사도 대동하지 않는다고 말했다. 아무것도 모르는 갓난아기처럼 타국에 홀로 놓아져 눈치껏 그 지역의 문화와 관습을 파악하고, 주눅 들지 않는 담대함과 유희를 가져야 하는 사람이 바로 '여행자'라 정의했다.

헨리 데이비드 소로도 "혼자 가는 여행은 오늘부터 시작할 수 있습니다. 그러나 다른 사람과 함께 여행하는 사람은 다른 사람이 준비될 때까지 기다려야 합니다"라고 했다. 이렇게 명사들이 하나같이 혼자 떠나라고 강조(?)하니 당장에라도 떠나지 않을 수가 없었다.

재팬 항공 비행기에 올라타고, 하네다 공항에 비행기 바퀴가 닿았다. 저가 항공기라 그런지 활주로에 내려서 셔틀 버스를 타고 한참을 가야 했다. 활주로에 내딛은 순간 코끝에 스며드는 도쿄의 향기. 누군가 여행의 시작은 자고로 도착한 공항의 향기를 맡는 순간부터라고 했는데,

그 말이 참이다. 가슴이 두근거리기 시작했다.

하지만, 딱 거기까지였다. 빌 브라이슨과 헨리 데이비드 소로의 강력한 추천에도 불구하고, 혼자 떠난 여행에서 내가 얻은 것은 의외의 것, 바로 '그리움'과 '애틋함'이었다. 더 넓은 시야와 견문, 새로운 인연, 다른 나라의 환경과 문화와 관습과 사고방식 같은 것이 아닌, 오로지 그리움과 애틋함만을 느꼈다.

물론, 도쿄에서 이색적인 경험을 한 것은 부정할 수 없는 사실이다. 영어가 전혀 통하지 않는 늙은 사장님이 운영하는 허름한 어묵바에서 바디랭귀지만으로 의사소통에 성공한 경험은 짜릿했다. 친구와 여행을 떠나면 "여기 가보자."라고 하면 "난 여길 더 가보고 싶은데."라며 늘 다투기 일쑤였지만, 이번엔 아무런 제약 없이 선택하고 결정할 수 있다는 것도 자유로웠다. 숙소에서 맥주를 마시려고 편의점에 가서 맥주를 사오다가 한 일본인과 우연히 친해진 바람에 숙소에 초대해서 함께 맥주를 마시기도 했다. 모든 순간이 분명히 인상 깊었다.

하지만, 모든 순간 내가 느낀 감정 그 기저에는 분명 그리움이 자리하고 있었다. 집에 두고 온 것들이 자꾸만 눈에 밟혔다. 친구와 함께 왔더라면 더 좋았을 텐데. 내 친구 '제이'라면 단박에 어묵바의 분위기를 휘어잡으며 늙은 사장님과 '베스트프렌드'가 되었으리라. 결국 양보하고 친구가 가보자고 한 식당을 갔는데, 정말 맛있었던 경험이 혼자 자유롭게 선택하고 결정하는 것보다 훨씬 기억에 남았다. 일본인 친구를 숙소로 초대해 같이 맥주를 마시면서도, 이 멋진 일본인에게 당신만큼이나 멋진 내 친구들을 데려와서 소개해 주고 싶은 마음이 굴뚝같았다.

어디 그뿐이랴. 메이지 신궁을 둘러볼때는 조선을 침략한 '메이지 천황'을 모신 공간을 관광하는 것은 한국인으로서 도의에 어긋나는 일일까? 야스쿠니 신사와 메이지 신궁은 뭐가 다를까? 하며 아버지와 함께 왔다면 이런 담론도 펼쳐보았을렌데 하는 생각이 들었다.

나는 당장에라도 서울로 돌아가 친구들에게 이런 일이 있었노라고, 이런 사람을 만났노라고 이야기하고 싶었다. 그 녀석들이라면 '나도 같이 있었어야 했는데!'라고 매우 아쉬워할 테다.

"우리는 삶을 벗어나기 위해 여행하는 것이 아니라, 삶이 우리를 벗어나지 않게 여행하는 것이다. *We travel not to escape life, but for life not to escape us.*"

언젠가 인터넷 서핑을 즐기다가 이 격언을 우연히 읽고, 한 대 맞은 듯한 깨우침이 있었다. 여태 나는 지루하고 반복되는 삶으로부터 도망치기 위해 여행이 존재한다고 생각했지만 아니었다. 주인을 알 수 없이 오래된 이 서양 격언처럼, 나에게 여행이란 목적이 아니라 한 가지 수단에 불과했다. 나에게 여행은 내가 가지고 있는 것과 일상이 얼마나 소중한 것인지 일깨워 주는 여러 가지 방법 중 하나였다.

푸우와 함께 있는 것만으로도 외로움이 해소되고 작업실이 다시 예쁘게 느껴진 것이 그래서 그랬나보다. 구태여 멀고 먼 곳으로 여행을 떠날 필요가 없어진 까닭이다. 일상을 리프레시할 수 있는 방법은 굳이 여행 말고도 많은 방법들이 존재하기 때문이다.

유명한 여행가, 작가, 철학자가 그런 말을 했다고 해서 그게 전부 옳은 것은 아닌 것 같다. 사람마다 어울리는 옷이 있듯이 여행을 하는 이유는 사람마다 제각각이다. 떠나서 무엇을 보고, 듣고, 느낄지는 아무도 모른다. 실제로 여행을 통해 무엇을 얻게 될지 아는 것은 더 훗날의 일일 것이다.

혼자 떠나는 여행을 통해 나는 데이비드 소로가 말한 것과 같은 것은 얻지 못하였으나, 나에게 여행이란 내가 가진 것을 더 애틋하게, 빛나게 해주는 수단이라는 것을 알게 된 것만으로도 큰 수확이었다. 일상의 끝이 여행이 아니라, 여행의 끝이 일상이다. 여행은 '여기서 행복할 것' 의 줄임말인가 보다.

"내 생각에, 여행의 가장 큰 보람과 사치는 일상을 처음처럼 경험할 수 있는 것, 거의 모든 것이 친숙하지 않아 당연하게 느끼지 않는 위치에 있게 되는 것입니다. *To my mind, the greatest reward and luxury of travel is to be able to experience everyday things as if for the first time, to be in a position in which almost nothing is so familiar it is taken for granted.*"

빌 브라이슨의 말에 나는 고개가 절로 끄덕여졌다. 여행이 나에게 주는 가장 큰 보람과 사치를 생각하며, 나는 여행을 다니며 썼던 돈보다 더 많은 돈을 기념품을 사는 데 썼다. 두고 온 곳에 있는 이들이 환하게 기뻐할 얼굴을 생각하며, 내가 얼마나 보고 싶었는지 말해줄 수 있는 날을 기다리며.

복이가 가르쳐준
삶의 진리

가족과 함께 떠났던 제주도 여행 3일 차, 비록 늦여름이지만 갑자기 돌풍이 불어 바닷가는 은근히 쌀쌀했다. 계속 움직이고 있었기에 제법 견딜 만했으나, 가만히 서 있으면 몇 분 지나지 않아 온몸에 한기가 돌았다. 돌풍 소리가 왼쪽 보청기를 가득 채우고, 오른쪽 보청기에는 옷이 미친 듯이 펄럭이며 내는 소리가 가득 들어왔다.

그런 날씨에도 낚시광인 아버지는 집에서부터 들고 온 휴대용 낚싯대를 소지하고 다니다가, 어느 작은 등대 앞 방파제에 자리를 잡으셨다. 어머니와 동생은 춥다고 차

안에 있겠다고 했고, 나만 아버지를 따라갔다. 렌터카는 방해가 되지 않게 공터에 세워뒀다.

등대를 뒤덮고 있던 빨간 페인트는 셀 수 없이 많은 제주바람을 홀로 버틴 듯 잔뜩 벗겨져 있었다. 하단부에는 밀려오고 쏠려가는 우렁찬 파도 소리와 무수한 따개비들이 등대의 연식을 알려주는 듯했다. 견딜 수 없을 만큼 쌀쌀했지만 만에 하나라도 고기를 낚아 올리신다면 그 장면만큼은 꼭 보고 싶었다.

그러나 아랍의 우화에서도 "낚시는 인내심을 가르쳐 준다"고 일갈했을 만큼 물고기를 보기란 쉬운 일이 아니었다. 나는 결국 포기하고 허겁지겁 차로 돌아갔다. 히터를 틀고 쉬던 와중에 돌연 차의 배터리가 방전이 되었다.

낚시를 마무리하고 돌아온 아버지가 렌터카 업체에 연락했다. 업체 측에서는 우리의 과실로 배터리가 방전된 것이 아니냐고 의심했다. 아버지는 그게 고객한테 할 소리냐며 황당해했다. 아버지가 가벼운 실랑이를 계속 이어가는 동안, 차 안이 답답하여 근처에 있는 벤치로 나가 앉았다.

어디선가 홀연히 흰색 강아지 한 마리가 꼬리를 살랑살랑 흔들며 다가왔다. 멀찍이서 나를 향해 성큼성큼 뛰어오더니, 거리가 가까워지니 괜히 사뿐사뿐 걸어온다. 고개를 왼쪽 45도 아래로 내리깔며 행여 내가 반가워하지 않을까 눈알만 슬쩍 굴린다.

가까이 오라고 손짓하자 그제야 안심한 듯이 꼬리를 맹렬하게 흔들며 내 손에 자기 얼굴을 파묻었다. 깨끗한 목줄에 '복이'라고 새겨진 금속 이름표가 대롱대롱 매달려 있었다. 길 건너 언덕에 청소년 수련관이 한 채 있었는데, 아마도 거기서 기르는 녀석인 모양이다.

아무리 봐도 진돗개와 퍽 닮았는데, 사실 진돗개는 충성심이 대단해서 모르는 사람에게는 그리 살갑지 않은 견종이다. 이 녀석은 이토록 사글사글하니, 아마도 진돗개를 닮은 믹스견이 아닐까 싶다.

먼저 냄새를 맡을 수 있게 해주는 것이 개 사이의 인사 문화라고 들은 기억에 손을 뻗어 냄새를 먼저 맡게 해줬다. 손가락 사이로 느껴지는 얄팍하고 미지근한 콧바람을 느끼며 천천히 머리로 올라갔다. 대번에 드러눕더니 배를 긁어달라고 한다. 한참을 긁어주다가 팔이 저려 멈췄다. "복이야, 집이 어디야?", "몇 살이야?" 돌아올 리 없는 대답을 기대하며 말이나 몇 번 걸었다.

금방 지루해져서 유튜브 영상을 시청했다. 그동안에도 개는 내 곁을 떠나지 않았다. 나를 등지고 앉아 바다를 바라보기도 하고, 엎드려서 자기 다리를 핥기도 했다. 꽤 묵직하고 큰 녀석이 내 운동화를 깔고 앉은 바람에 심장 소리에 맞춰 오르내리는 근육의 움직임과 따뜻한 촉감이 발등을 간지럽혔다. 눈이 마주치면 기다렸다는 듯 운동화에 앞발을 올리며 좋다는 듯이 눈을 지그시 감고 혀를 헥헥 내민다. 아주 귀여웠다.

문득 이 아이의 왼쪽 뒷다리가 조금 이상하다는 것을 발견했다. 자세히 보니 발이 없었다. 그래도 다행히 처치를 잘한 듯 잘 아물어 있었다. 왼쪽 뒷다리를 깔고 앉는 것이 불편한 것처럼 계속 오른쪽 뒷다리가 바닥에 닿는 자세로만 드러눕는다.

어떻게 걷나 보고 싶어 은근슬쩍 옆 벤치로 자리를 옮겼다. 아니나 다를까 힘을 제대로 주지 못하는 듯 흐느적거리며 따라왔다. 아까는 꼬리를 대차게 흔들며 다가오는 바람에 눈치채지 못했던 것이었다.

"너도 어딘가가 불편하구나. 나도 그런데."

짐승은 말을 하지 못하니 제가 얼마나 아픈지 혹은 아프지 않은지 나는 도통 알 길이 없다. 내 운동화를 깔고 앉아서는 여전히 꼬리를 살랑살랑, 눈은 감고, 혀를 내밀고, 고개를 들어 제주의 맑은 공기를 느끼는 평화로운 그 얼굴에 고통은 보이지 않았다. 오직 평온과 기쁨으로만 충만한 그 표정이 낯설지가 않았다. 어디서 봤더라, 기억을 더듬다가 오래전 우연히 시청한 다큐멘터리가 생각났다. 동물들은 장애를 전혀 개의치 않는다는 내용의 다큐멘터리였다. 동물들은 신체의 불편함보다 자신의 기분이 훨씬 중요하다.

관리를 잘못한 바람에 다리가 썩어서 병원에 도착한 강아지가 있었다. 많이 불편하고 고통스러운지 이동장 케이스에서 쉽게 나오지 못하고 주저앉아 쌕쌕 거친 숨을 몰아쉬고 있었다. 동물병원 전문의가 반려견의 앞다리가 돌이킬 수 없을 만큼 썩어서 절단하는 것 밖에는 방법이 없다고 소견을 말했다. 견주는 "제가 어떻게 그렇게 해요!"라며 가족들끼리 서로 부둥켜안고 울부짖었다.

정작 며칠 뒤에 다리를 절단하고 퇴원한 강아지는 언제 아팠냐는 듯 안온하고 즐거운 표정이었다. 오랜만에 만난 가족들이 반갑기만 한 듯 동물병원 로비에서 세 발로 이리 뛰고, 저리 뛰었다. 할머니 견주가 "아이고 이 불쌍한 녀석을 어떡할꼬. 참 속도 없다. 속도 없어. 자기가 무슨 꼴인지도 모르고."라고 말하는 장면이 대조적이었다.

그 병원에는 '인간의 관점'으로 장애를 가진 동물들이 많이 입원해 있었다. 앞다리가 없는 강아지도, 귀가 들리지 않는 토끼도, 한쪽 눈이 보이지 않는 고양이도 퇴원한 뒤에 주인의 보살핌 아래서 아주 행복하게 지내고 있다.

주인의 장애 역시 반려동물에게는 아무런 장애물이 되지 않는다. 청각장애 주인을 둔 보조견들은 절대 짖거나 울지 않고 몸짓으로 표현한다고 한다. 벨 소리가 들리면 현관문 앞에 서 있거나, 주인의 옷자락을 가볍게 물어 당긴다고 한다. 자고 있는 주인을 긁거나 두드려 깨워서 위험을 알려주기도 한다.

특히 시각장애인을 보조하는 안내견에 대한 오해는 더욱 깊고 크다. 대부분의 사람들은 안내견이 정말 불행한 생을 살다가 간다며 불쌍히 여긴다. 이는 절대 사실이 아니다. 오히려 그 어떤 반려동물보다도 안내견이 정서적으로 단단하고 안정적이라는 연구 결과가 있다. 시각장애인과 안내견은 불가분의 동반자로서 늘 함께 붙어있기 때문이다. 아무리 사랑하는 반려동물이라도 보통이라면 24시간 내내 붙어있지 않는다.

많은 사람들은 안내견이 그저 보행을 돕기 위한 '도구' 취급을 받는다고 생각하지만, 실제 안내견의 뇌파 실험 결과는 전혀 딴판이었다. 안내견은 주인을 이끌고 목적지로 가는 것을 하나의 신나는 놀이로 인지하고 있었다. 놀이를 성공적으로 끝마치고 나면 안내견의 뇌에서 엄청난 양의 도파민이 분비되면서 큰 성취감과 행복을 느낀다고 한다. 일반적인 반려견보다 평균 안정 수치가 매우 높았다.

또한 평생을 안내견으로 사는 것은 아니다. 대략 5~7년만 근무하고, 이후에는 꼼꼼한 입양 절차를 거쳐 평범한 가정에서 여생을 누린다. 정말로 명예로운 삶이다. 저마다 반려와 함께 모양을 맞추며 사는 모습이 인상 깊었다.

다리를 절단하고도 꼬리를 흔드는 아이, 신나는 눈빛으로 길을 안내하는 아이, 현관 밖에 누가 왔음을 두드려 알리는 아이, 그리고 내 검정색 나이키 운동화를 깔고 앉아 자신을 쓰다듬어주길 바라는 아이. 같이 있는 것만으로도 충분하다는 그 눈빛이 모두 닮아 있었다. 이 순간 함께 있다는 오늘의 사랑이 장애보다 더 고귀한 가치임을 본능적으로 알고 있는 눈빛. 사지가 잘 달려있는 체면보다도 다리를 절단할지언정 안온함을 추구하는 눈빛.

하지만, 사람은 그렇지 않다. 팔다리가 없거나, 귀가 들리지 않거나, 눈이 보이지 않거나, 신체의 일부가 불완전한 것을 극도로 두려워한다. 신체가 썩어 문드러지고 제 기능을 다하지 못하는 한이 있어도 원형을 지킬 수만 있다면 최대한 지키려고 노력한다. 평생을 고통스럽게 살아가야 할지도 모른다는 사실을 알면서도.

체면과 자존심은 고통과 평안 중 하나를 고르는 뻔한 선택지도 고민하게 만든다. 심지어 더 고통스러운 길을 선택하기도 한다. 의학 드라마 같은 매체에서도 그렇다. 의사와 가족들은 환자를 살리기 위해 신체의 일부를 절단하는 용단을 내렸지만, 나중에 의식을 되찾은 환자는 "이럴 거면 나를 왜 살렸느냐, 앞으로 어떻게 살아가냐"라며 괴로워한다.

눈이 실명할 수도 있다는 사실에, 청력을 완전히 잃을

174

수도 있다는 사실에 사랑하는 사람과 연을 끊고 사라지는 스토리도 허다하다. 장애인으로 살면서 사회에서 느끼게 될 모멸감에 대한 두려움이 죽음과 고통을 앞선다는 것이 애달프다.

나도 장애로 인한 자격지심과 자존심 때문에 원하는 것을 지레 겁먹거나, 단념해본 적이 많아서 안다. 해보고 싶던 일도, 짝사랑도... 거추장스러운 보청기를 끼고 사는 장애인으로서, 장애와 체면이 상극으로 자리 잡은 이 현실이 그저 애잔하다.

가만 돌이켜보면 짐승은 한 번도 사람을 배신한 적이 없다. 아버지의 가평 펜션에서 기르는 고양이들은 오랜만에 만나도 잊지 않고 한 치의 망설임도 없이 다리에 몸을 부비며 인사한다. 내가 자기 울음소리를 듣지 못하는 것을 아는지, 항상 문 앞에서 말없이 기다린다. 아무런 말이 통하지 않아도 우리 사이에는 이미 무조건적인 유대가 깔려 있다.

오직 사람만이 사이에 자꾸 무언가 끼워 넣고 들이민다. 체면, 자존심, 명예, 지위, 금전, 가치관... 이것들이 중요하지 않다는 말은 아니지만, 불필요할 만큼 과하게 신경 쓰고 중요하게 여기는 것 같다. 간단한 길을 두고 먼 길을 돌아가게 만들거나, 괜하고 사소한 감정이 서로를 멀어지게 만들고, 순순한 눈에 필터를 씌워 색을 입히고 의미를 부여한다. 덧없는 자격지심과 편견들이 그렇게 태어난다.

내 까만 나이키 운동화를 깔고 앉아 바닷바람을 느끼는 새하얀 강아지 복이를 보며, 소리 내어 말해주고 싶은 것을 간신히 참았다. 네가 사람보다 낫다고. 너의 마음을 닮고 싶다고. 자신의 행복과 평안을 위해서라면 온 진심을 다할 줄 아는 본능이 존경스럽다고. 사이에 가로막고 있는 것과 관계없이 좋아하는 걸 좋아한다고 온몸으로 표현할 줄 아는, 수줍고도 저돌적인 용기가 부럽다고. 나는 내가 장애가 있다는 사실만으로도 깊은 관계를 맺는 것이 두려웠는데, 너는 그런 것들이 다 상관없구나. 너에게서 배우는구나. 나는 자꾸 고맙고 대견하기만 해 녀석을 계속 쓰다듬어 주었다.

나란히
걷는다는 것

나는 사람이 많은 곳을 극도로 싫어한다. 사람 많은 곳에서의 좋은 기억이 별로 없기 때문이다. 사람이 많은 곳에서는 이리 치이고, 저리 치여서 몸도 마음도 너덜너덜해지는 기분이다.

개인적으로 꼽은 "서울에서 가장 가기 싫은 곳 베스트 3"은 명동 CGV 앞, 홍대입구역 9번 출구 계단, 강남역 10번 출구 앞이다. 웬만하면 이 세 장소에서 만나자는 약속은 잡지 않는다. 만일 누군가로부터 명동이나 홍대입구역 9번 출구 앞에서 만나자는 말을 듣거나, 텍스트를 읽으면 정신부터 아득해진다. 인산인해 속에서 표류하고 있는 기분이랄까.

그래도 사람이 살면서 항상 좋은 것만 보고, 싫은 것을 늘 피해 다닐 수는 없다. 내가 아무리 싫다고 해도 완벽하게 피해 다닐 수 없는 노릇일 터. 때론 어쩔 수 없이 마주한 상황에서 생각지 못한 진귀한 경험의 지혜도 얻을 수 있다.

무척 더웠던 여름의 어느 날, 그토록 피하고자 애썼지만 친구와의 약속은 기어코 강남역 10번 출구 앞으로 잡히고 말았다. 몇 번 가지도 않았건만 강남역은 갈 때마다 늘 사람의 파도가 넘실거렸다.

사람이 많은 곳은 번잡해서 싫어하는 것도 있지만, 특히 싫어하는 까닭이 더 있다. 대화하기가 여간 어려운 일이 아니기 때문이다. 수많은 행인들의 체격이나 행색, 짐, 목적지, 일행, 걷는 속도가 모두 제각각이어서 일행과 마음 편하게 대화하기 힘들다.

심지어 요즘은 공유 킥보드와 자전거를 타는 사람들까지 대로변을 휘젓고 다녀 정신이 하나도 없다. 간신히 나란히 걷게 될 수 있다가도 금세 간격이 멀어지거나 서로의 뒤통수만 보고 걷는다. 내가 청인이었다면 어떤 모양으로 걷던지 대화가 끊기지 않았겠지만, 상대의 눈빛과 입 모양을 봐야 하는 나로서는 강남대로와 테헤란로가 그리 달갑지만은 않다.

아니나 다를까, 강남역 10번 출구 앞에서 친구를 만나 저녁 식사를 계획한 식당까지 약 600여 미터를 걷는 동안 단 한 마디도 섞지 못했다. 반가움에 몇 번 서로 대화를 시도했지만, 이리저리 몰려드는 인파 때문에 두 마디 이상 이어지지 못했다.

결국, 포기한 친구는 앞장서서 걷기 시작했다. 나는 어쩔 수 없는 상황이라는 걸 잘 알면서도 살짝은 야속해진 마음으로 그의 뒤통수를 바라보며 뒤따라 걸었다. 조금씩 그의 뒷목에는 송골송골 땀이 맺혔고, 그가 좋아하는 슈프림 티셔츠의 등짝은 땀으로 젖어갔다.

간신히 대로변을 벗어나 골목으로 접어들었을 때 비로소 한적해졌다. 그제서야 친구와 얼굴을 마주볼 수 있었다. 둘 다 얼이 빠진 표정이었다. 그렇게 나란히 걷던 중, 친구가 헛웃음을 지으며 말했다.

"이야, 나란히 걷는 게 이렇게 반가울 줄 몰랐네. 왜 이렇게 기쁘지?"

"그러게."

"나란히 걷는다는 게 이렇게 큰 의미를 갖는지 몰랐어. 너랑 대화하려면 무조건 나란히 걸어야 하니까 저 길이 평소랑 다르게 굉장히 불편하네. 다음부터는 강남역이 그렇게 좋게만 느껴지지는 않을 것 같아."

"그래?"

"응. 나란히 걷는다는 거, 참 좋다."

씨익 하고 웃으며 낯간지러운 말을 서슴없이 내뱉는 친구를 보면서, 나는 단번에 드라마 〈미스터 션샤인〉의 한 장면이 떠올랐다.

제국주의 열강들이 호시탐탐 조선을 잡아먹을 기회만

노리고 있는 구한말 조선에는 김태리 씨가 연기한 독특한 여성 '고애신'이 있다. 낮에는 양반 가문의 '애기씨'로, 그리고 밤에는 복면으로 얼굴을 가린 '의병'으로 살아간다. 또 한편으로는 이병헌 씨가 연기한 독특한 남성 '유진 초이'도 있다. 한때는 천한 종놈의 자식이었으나 부모를 여의고 간신히 도망친 뒤에 미국 해병대 대위가 되었고, 조선으로 발령받아 다시 고국으로 돌아온 것이다.

두 사람은 아무 연고도 없었으나 우연한 만남을 통해 서로를 알게 되었고, 조금씩 연모지정을 품었다. 그러던 어느 날 밤, 고애신이 의병 활동을 하다가 발각되었고 간신히 도망칠 수 있었다. 삽시간에 일본군 순사들이 대로에 모여들어 감시와 수색을 강화했다.

유진 초이는 그런 고애신을 지켜주고자 '함께 걷자'고 제안했다. 자신의 미 해병대 제복이 우리를 지켜줄 거라고 설득하면서. 그렇게 둘은 조선의 밤거리를 마치 연인처럼 나란히 걸었다. 고애신이 싱긋 웃으며 유진 초이에게 이렇게 말했다.

"고맙소. 나란히 걷는다는 것이 참 좋소. 나에겐 다시 없을 순간이라, 지금이..."

나는 넷플릭스에서 이 대사를 자막으로 읽으며 감탄을 금치 못했다. 이것이 유진 초이에 대한 호감을 담은 단순한 대사가 아니라는 것을 깨달았기 때문이다. 고애신은 누군가와 나란히 걸어본 적이 거의 없는 독특한 위치의 인물이었다.

고애신의 할아버지이자 지체 높은 양반인 고사홍은 황제의 스승 역할도 겸할 만큼, 조선 신분제의 정점에 있던 인물이었다. 그런 대가(大家)의 애기씨였던 고애신에게 누군가와 '나란히 걷는다'는 행위는 흔치 않은 일이었을 것이다. 그 누구도 고귀한 신분의 애기씨에게 오라 가라 명령할 수 없을 것이고, 이동 시에는 꽃가마에 앉아 호위를 받으며 움직였기 때문이다.

그러니 "나란히 걷는다는 것이 참 좋다"는 고애신의 말은 그 자체로 '낭만'이었다. 구한말 신분제가 폐지되었다고 하더라도 신분이 서로 다른 사람이 함께 다닌다는 것은 당대 사회상에 정면으로 도전하는 일이었다. 하물며 남녀가 유별했던 시기였으니, 결혼하지 않은 남성과 나란히 걷는다는 건 그녀에게도 센세이션한 일이었으리라.

또한, 이 대사는 유진 초이에 대한 연모의 정까지 중의적으로 담아낸 멋진 표현이었다. 작가의 표현이 노련하고 섬세해서 지금도 기억에 생생히 남는다.

"나란히 걷는다는 게 참 좋다"고 말하는 친구와 고애신의 미소가 겹쳐 보였다. 그 말을 들었을 유진 초이의 기분도 나만큼 설레고 흐뭇했겠지. 동서고금을 막론하고 아끼는 사람과 나란히 걷는다는 것은 언제나 기분 좋은 일이다.

여전히 강남 대로변을 걸을 때면 늘 내 생각이 난다며, "잘 지내고 있냐?"고 연락을 건네오는 소중한 나의 친구. 얼굴을 마주 보지 않으면 제대로 대화를 할 수 없는 '내가' 불편한 것이 아니라, 대화를 힘들게 만든 '강남역 10번 출구'가 불편했다고 말해주는 친구의 세심한 배려가 감동의 밀물이 되어 가슴 깊숙이 밀려 들어왔다.

반드시 나란히 걸어야만 하는 내 운명이 그리 슬프지만은 않다. 아니, 오히려 썩 괜찮다. 강남 한복판을 걸어갈 때마다 나는 기억한다. 나란히 걸은 그날을.

강남역 10번 출구는 여전히 번잡해서 정신없게 만들지만, 나와 나란히 걷는 게 좋다는 친구의 따뜻한 목소리

가 녹아 있다. 그 덕에 조금은 씩씩하게 걸을 수 있는 느낌
이다. 이미 내 삶의 시간들은 분에 넘치도록 낭만적이다.

제 3장

———

작고 귀여운 역사

어른들의
비즈니스

하루는 가족끼리 정갈한 해산물 식당에서 아귀찜을 먹던 중 어머니가 물었다.

"동희야. 너 초등학교 1학년 때 선생님 성함이 뭐였지?"

"신○○ 선생님."

"신○○? 그런 성함이셨나? 아니었던 것 같은데."

어머니는 기억이 가물가물하신 듯 갸우뚱하셨다. 뜬금없는 어머니의 질문 덕분에 금세 추억에 아련히 잠겨들었다.

초등학교 1학년 3반 담임이셨던 신○○ 선생님. 학교

라는 울타리에서 처음 만난 선생님이었다. 예순과 일흔 사이 어딘가를 흘러가는 지긋한 연세였던 것으로 기억한다. 얼굴에 꽤 주름이 자글자글했다. 어린 나의 입장에선 매우 푸근하고 인자한 인상이셨다.

마치 〈굿 윌 헌팅〉의 숀 맥과이어 교수가 그대로 여자가 된다면 영락없이 신○○ 선생님이었으리라. 반면, 수업을 할 때는 〈해리 포터〉의 맥고나걸 교수가 쓴 안경과 비슷한 안경을 콧잔등에 걸쳐 쓰고 우리를 꿰뚫듯 노려보시는 바람에 근엄하고 지적인 인상으로 변모했다.

나의 초등학교 1학년 시절을 돌이켜보면 나쁜 기억이란 요즘 말로 1도 없다. 실제로 1학년 동안 선생님이 나를 대하시는 모습을 떠올리면 좋은 기억밖에 없다. 늘 나를 잘 챙겨주신 분이었다. 나의 첫 선생님이라는 의미도 꽤 컸다. 그렇기에 수십 년이 지난 지금도 그분의 성함은 선연히 기억할 수 있었다.

"신○○ 선생님 참 좋은 분이셨는데."

"뭐?!"

혼잣말처럼 중얼거리듯 뱉은 내 말을 들은 어머니가 갑자기 기겁하셨다. 얼마나 충격적이었기에 집게손가락을 이용해 아귀의 살을 뜯다 마시고는 그대로 멈춰버렸다. 되레 놀란 것은 나였다.

"신○○ 그 사람, 아주 나쁜 선생님이야!"

"어?"

어머니는 정말 화나면서도 혼란스러운 눈빛이었다. 그런 눈빛은 처음 봤다. 혼란스러웠다. 처음에는 다른 선생님과 착각을 한 건 아닌가 싶었지만, 분명히 1학년 담임이신 신○○ 선생님이 맞다고 확신하셨다.

어머니와 나는 상이한 기억을 갖고 있었다. 그분이? 로빈 윌리엄스와 매기 스미스를 섞어 놓은 듯 인자하고 따뜻했던 분이? 귀가 잘 들리지 않는 나를 늘 보살펴 주셨던 그 분이 나쁜 사람이라는 말에 나는 어찌할 바를 몰랐다. 늘 잘 웃고 선한 어머니가 그렇게 황당해하며 정색하는 모습은 처음 봤다.

뒤이어 어머니가 신○○ 선생님에 대한 일화를 설명해 주실 때, 나는 도저히 귀를 믿을 수가 없었다. 보청기가 제대로 끼워진 게 맞나 자세를 고쳐 잡고 귀에 딱 맞게 꾹 눌렀다. 잘못 들은 거라고 믿고 싶었다.

입학식 날, 내가 신○○ 선생님이 담임인 3반의 학생이라는 사실을 알게 된 동네 아주머니가 어머니의 어깨를 토닥이며, "딱 1년만 버티시라"고 말했다고 한다. 어머니는 그때 신○○ 선생님이 어떤 분인지 전해 들었다고 한다. 당황해서 행정실을 찾아가 반을 바꿔줄 수 있냐고 물었지만 불가능하다는 답변이 돌아왔다.

나는 여전히 믿을 수 없지만 어머니의 말에 따르면, 신○○ 선생님은 그야말로 전형적인 '갑질 교사'였다. 선생님은 학부모들에게 대놓고 촌지를 요구하셨다. 촌지를 내지 않으면 앞장서서 그 학우와 놀지 말라고 왕따를 주동하는 등 서슴없이 학우들의 편과 급을 갈랐다.

어머니는 촌지를 내지 않고 대화로 해결하려 하셨으나 선생님의 고집을 꺾지 못했다. 결국, 주기적으로 큰 금액을 선생님의 뒷주머니에 찔러드렸다. 그 당시 어머니는 그 때문에 큰 스트레스를 받은 나머지 화병과 불면증을 얻고 입이 홱 돌아버렸다고 하셨다. 그래서 한동안 아버지의 도움을 받아 서울 경복궁 근처에 있는 한의원에서 비싼 침까지 맞았다며 울분을 참지 못하셨다.

나는 '내가 아는 선생님이 진짜 맞나?' 하는 의심을 거둘 수 없었다. 옆에서 아버지까지 "그랬었지"라며 고개를 끄덕이는 걸 보면 어머니가 도저히 거짓말을 하는 것 같진 않았다.

돌이켜보면 신○○ 선생님은 받아쓰기 시험 날만 되면 나를 맨 앞자리에 앉히셨다. "여러분, 동희는 귀가 불편한 친구기 때문에 조금만 배려를 해줄게요. 여러분은 사려 깊고 착한 아이들이니 이해해줄 수 있지요?"

그렇게 말씀하시며 늘 맨 앞자리 친구와 내 자리를 강제로 바꾸셨다. 받아쓰기 문장을 읽을 때도 한 음, 한 음 천천히 말씀하셨다.

"콩. 쥐. 는. 아. 무. 리. 해. 도. 항. 아. 리. 에. 물. 이. 새. 자. 엉. 엉. 울. 기. 시. 작. 했. 어. 요."

이렇게까지 정성(?)을 다해 주시는데 당연히 점수를 잘 받을 수밖에 없었다. 그렇게 나만 노골적으로 쳐다보면서 입모양을 큼직하게 움직이는데 그걸 일부러 알아듣지 못할 수는 없는 일이다.

나는 그런 선생님이 너무 좋았다. 그 순간만큼은 내가 선생님의 사랑을 독차지하고 있는 기분이었으니까. 시험이 끝나고 선생님께 달려가 팔짱을 끼고 애정을 표현하면, 콧잔등에 걸친 안경 너머로 나를 근엄하게 쳐다보시며 말씀하셨다.

"이번 시험도 만점이구나. 잘했다."

어린 마음에 얼마나 좋았으면 일기에 신○○ 선생님이 칭찬을 해주셔서 기분이 좋았다는 이야기를 일부러 잔뜩 썼다. 일기를 읽은 선생님이 [선생님도 동희가 자랑스럽단다.] 라고 짤막하게 남긴 피드백을 읽고 나면, 내 마음이 잘 전달된 것 같아 하루 종일 벅찼다.

20여 년이 훌쩍 지난 뒤에야 마포역 인근의 어느 아귀찜 식당에서 어머니께 들은 뒷이야기가 내게는 얼마나 씁쓸했는지. 당신이 나에게 베푼 선의가 완전한 진심이 아닐 수도 있다는 것이 얼마나 허망한 기분이었던지. 그 선의가 여리고 어렸던 한 장애 아동의 세계를 얼마나 구원하였은즉, 그 덕에 사람들과 살아가는 법을 잘 배운 어른으로 클 수 있었다. 바로 그 따뜻함과 인자함이 우리 부모님의 피땀 묻은 돈으로 만들어진 얼굴이라는 사실이 그저 황당해서 웃음밖에 나오지 않았다.

동시에 소름이 끼쳤다. 한 아이가 어떤 슬픔과 절망도 느끼지 못하도록, 기쁨으로 충만한 학교생활을 할 수 있도록 애쓰고 일군 어른들의 세계가 얼마나 치열했는지 알았기 때문이다. 비록 우리 부모님께는 촌지를 받은 나쁜 선생님이었어도, 대신 아이에게만큼은 확실하게 보상을 지불했던 그 어른의 비즈니스가 대단하게 느껴졌다.

한 아이를 키우려면 온 마을이 필요하다는 말처럼, 좋은 기억으로만 가득했던 내 유년 시절은 사실 부모와 이웃과 선생님들의 비즈니스와 헌신으로 말미암은 것이었다. 어머니는 내가 선생님을 비호 하는 말을 듣고는, "그래도 그 선생이 네게는 선생 노릇을 잘했나 보구나, 네가 좋았으면 그걸로 됐다"라고 말씀했다.

나의 유년 시절은 스승의 권위가 높았던 때였다. 스승의 사랑을 얻기 위해 말씀을 잘 듣고, 공부를 열심히 하고, 눈 밖에 나지 않으려 애쓰는 일은 당연한 우리의 본분이자 예의였다. 숙제를 하지 않거나 수업 시간에 자는 학생은 손바닥이나 엉덩이에 매를 맞는 것이 당연하게 느껴지는 일상을 살았다.

며칠 전, 극성 학부모들의 성화와 예의 없는 아이의 고집으로 인해 한 선량한 선생님이 스스로 목숨을 끊었다는 뉴스를 접했다. 오늘날은 촌지가 사라졌지만, 그 자리에 집착이 들어선 것 같다. 아이에 대한 과잉적인 사랑, 집착, 참견...여전히 극성인 것은 그때나 지금이나 변함없지만 말이다.

교권이 끝을 모르고 추락하는 지금을 만든 원인이 학부모들 때문이라고 매도하기에 앞서, 어쩌면 촌지를 받고, 앞장서서 왕따를 주동하고, 아이들을 매정하게 때리며 쌓아 올려진 영광스러운 욕망의 교권, 그 자체가 원인이 아니었을까. 드라마 〈스물 다섯, 스물 하나〉에서 문지웅을 비롯한 여러 학생들을 수시로 폭행했던 학생 주임 선생님을 보면서 그 시절의 학교는 얼마나 폭력과 비리로 점철되어 있었는지 새삼 떠올랐다. 나의 존경하고 사랑했던 스승이 알고 보니, 비극적인 현실의 주범이었다는 사실에 무척이나 씁쓸해지는 저녁이다.

아저씨와
초등학생

아르바이트를 하던 편의점 바로 옆이 초등학교였다. 근무하다 보면 초등학생들이 꽤 자주 방문한다. 요즘 애들은 다 크고 당차서 자연스럽게 존댓말이 나오게 된다. 성인이라고 해도 믿을만한 덩치들도 수두룩하다. 자세히 봐야 앳된 티가 난다. 내가 일할 때는 코로나19가 한창일 때여서 마스크까지 쓰고 나면 더욱 구분하기 어려웠다.

한 번은 한 초등학생이 교통카드를 충전해 달라며 카드를 내밀었는데, 못 알아듣고 본능적으로 "담배 어떤 거요?"라고 되물었다가 진땀을 뻘뻘 흘리며 사과를 했다.

마스크를 쓴 직장인들이 담배를 주문할 때마다 알아듣지 못해서 어떤 담배를 찾으시는지 되묻는 게 하도 습관이 되어버린 탓이었다.

편의점에 종종 초등학생 커플도 온다. 이 친구들은 점심시간마다 오는 단골들인데, 볼 때마다 격세지감을 느낀다.

내가 초등학생일 땐 철수와 영희가 말만 섞어도 "너 쟤 좋아하냐?"부터 시작해서 조금 기다리면 전교에 철수와 영희가 사귄다는 소문이 파다할 정도였다. 1990년대는 전혀 그렇지 않은 시대였음에도, 초등학교라는 생태계는 유독 남녀가 유별했었다. 사랑에 서투른 아이들이 제 감정이 낯설어서 괜히 좋아하는 친구를 괴롭히거나 때리는 게 전부였다. 장난이 심해져 상대방이 울면, 어쩔 줄 몰라 도망치는 것까지.

그런데 이 초등학생 커플들은 주변의 시선을 전혀 신경 쓰지 않는 모양이다. 편의점의 취식대에서 육개장 사발면 하나를 젓가락 두 개로 나눠 먹으며, 여자아이는 티슈로 남자아이의 입가를 닦아주고, 남자아이는 행여 라면 국물에 적실까 여자아이의 머리카락을 잡아주지 뭔가. 그런 모습을 보고 있노라니, 솔로 편의점 근무자는 괜히 짜증이 나서 당장에 퇴근하고 싶은 마음이 솟구쳤다.

심지어 요즘 애들은 생리 현상도 당당하게 한단다. '라떼는 말이야'... 학교에서 '똥을 싸는 것'은 꿈도 꿀 수 없었다. 누가 학교 화장실에서 똥을 쌌다고 하면 그날 바로 전교에서 소문이 나기 십상이었다. 어떤 애들은 앞장서서 그 화장실에 들어갔다 나온 뒤에 온 복도를 뛰면서 "○○이 똥냄새 지독하다!" 소리치며 소문을 냈었는데.

그래서 몰래 교직원 화장실에 들어가서 볼일을 보거나, 꾹 참다가 탈이 난 애들도 더러 있었다. 요즘은 수업 시간에도 당당하게 손을 들고 "선생님, 똥 마려워요."라고 말할 줄 아는 애들이 꽤 많다고 들었다.

어떻게 아이들이 이렇게 의사 표현이 확실하고 자유롭게 바뀐 것일까. 다양한 이유들이 있겠지만 참 신기하다. 과하면 독이 된다는 말도 있듯이 눈살을 찌푸리게 만드는 초등학생들도 꽤 봤다.

그 애들은 세상에 무서운 거라곤 부모님뿐이지 않을까 싶다. 요새는 선생님도 안 무서워할 것 같다. 내가 본 어떤 초등학생들은 떼로 몰려서 서울시 공유자전거 '따릉이'를 마치 바이크 폭주족처럼 몰며 사람들 사이를 가로

지르며 추월했다.

한 커플들 사이를 아슬아슬하게 비껴가는 바람에 여자가 다칠 뻔했다. 여자의 허리춤에 손을 올리고 있던 남자가 따릉이 부대를 향해 "이 XX들아!"라고 고함을 쳐도 녀석들은 개의치 않았다. 오히려 더 큰 소리로 자기들끼리 "무야호!" 철 지난 유행어를 외치면서 유유히 사라졌다. 주변 시선을 신경 쓰지 않는 점이 매우 인상적이었다.

모든 초등학생들이 그러지 않으리라는 것을 아주 잘 안다. 극히 일부만을 보고 모든 초등학생들이 저럴 거라는 섣부른 일반화가 위험하다는 것도 안다. 내가 어렸을 때도 분명히 어딘가에 저런 아이들이 있었을 것이다. 나도 분명 한 번쯤은 저랬을 수도 있고. 개구리가 올챙이 적을 기억하지 못한다더니, '저런 버릇없는 애들이 크면…'까지 분노하다가 간신히 '헉'하고 멈췄다.

내가 그토록 싫어하던 부류와 비슷한 생각을 했기 때문이다. 아랫세대에게 '버릇없다'고 하고, 윗세대에게 '꼰대 같다'고 하는 사람. 왜 우리는 세대가 나뉘고 가치관으로 충돌할 수밖에 없을까. 세대를 넘어서 친구가 되기 위해서는 어떻게 해야 할까. 나는 항상 그런 고민을 가지고 있었다.

편의점에서 어쩌다 친해진 초등학교 5학년 여자아이 두 명이 있다. 영희와 민지. 영희는 나보다 훨씬 크다. 조금 친해진 뒤에 영희에게 키가 몇 센티미터냐고 물었다. 영희는 약간 내려다보는 표정으로 "175센티미터."라고 짤막하게 대답했다.

열두 살이 이미 저렇게 크다는 사실, 존댓말 '요' 자를 붙이지 않은 사실, 나를 마치 깔보는 것 같은 저 표정까지 이상야릇한 충격에 입이 벌어지고 은근히 자존심이 구겨졌다. 너랑 나랑 몇 센티미터밖에 차이 나지 않는다고 말하고 싶었지만, 그랬다가는 진짜 지는 것 같아서 참았다.

그래도 한편으론 다행이란 생각이 들었다. 내가 초등학생 때는 키가 큰 또래 여자아이들이 스스로 콤플렉스로 받아들이는 경우가 많았다. 그런 여자아이들은 소원을 쓸 때 [키를 작아지게 해주세요.]라고 쓰더라. 상당히 성차별적인 구닥다리 시대관이 큰 영향을 미쳤던 때였는데, 요즘 아이들은 그런 콤플렉스 없이 다 크고 건강한 것 같아서 참 다행이다.

민지는 영희보다 머리 두 개 정도 훨씬 작다. 영희는 무뚝뚝하고 조용한데, 민지는 입이 걸걸하다. 어디서 보고 배웠는지 둘 다 입술이 붉게 착색되는 니베아 딸기 향 립

밤을 쉴 새 없이 바른다. 그러지 않아도 귀엽고 예쁜 아이들인데. 선명한 선홍색 입술 덕분에 땀으로 떡진 머릿결이 도리어 도드라져 보인다.

손님이 없을 때 영희와 민지는 과자와 음료수를 사고도 계산대 앞을 떠나지 않는다. 꼭 내가 듣길 바라는 것처럼 일부러 내 앞에서 수다를 떤다. 이 영악한 녀석들은 내가 듣지 말았으면 하는 이야기는 마스크를 쓰고 속사포처럼 대화하더니, 내가 엿들어 주길 바라는 이야기는 마스크를 내리고 은근히 눈알을 굴리며 일부러 천천히 말한다. 보통 그럴 때는 자랑하고 싶은 내용이 있을 때다.

듣자 하니 영희가 6학년 오빠랑 주말에 한강에 가서 2인용 자전거를 타고, 잔디밭에 돗자리를 깔고 도시락을 먹는 데이트를 즐기기로 했단다.

"6학년 오빠가 남자친구에요?" 내가 믿을 수 없다는 표정으로 끼어들었다.

"네. 아저씨는 여자친구 없어요?" 필시 내가 자기 자랑을 엿들어 주길 바랐을 영희는 전광석화의 속도로 대답했다.

"네... 없어요."

아이들은 쯧쯧 소리를 내며 고개를 저었다.

"아저씨, 여자친구 만드는 비법 알려드릴까요?" 대뜸 민지가 제안했다. 나이 서른이 넘어서 열일곱 살 어린애한테 '여자친구 만드는 비법'을 전수 받다니. 그것도 '법'이 아니라 무려 '비법'이다. 나는 어떤 반응을 해야 할지 몰라 온몸이 배배 꼬였다.

알려달라고 했더니, 예쁜 부분을 찾아주고 사랑한다고 표현을 잘 해줘야 여자들은 금방 사랑에 빠진단다. 영희는 옆에서 열심히 고개를 끄덕였다. 마치 자기가 보증할 테니 믿으라는 그런 눈빛. 비법치고는 흔했지만, 본래 진리란 늘 그렇게 가깝고 간결한 법. 나도 모르게 같이 고개를 끄덕였다.

문득 계속해서 '아저씨'라고 불린 것이 억울했다. 나는 아직 아저씨 소리를 듣고 싶지 않았다.

"근데 오빠는 알다시피 청각장애가 있어서 여자들이 많이 어려워하는 것 같아요."

일부러 주어에 힘주며 아이들에게 상담을 이어 나갔다. "귀 안 들리는 거랑 아무 상관이 없어요. 아저씨." 또 아저씨란다. 뭔가 이 녀석들도 유독 힘을 줘서 말하는 느낌은 나만의 착각일까.

"그렇게 말해주니 힘이 나네요. 오빠도 가르쳐준 대로 노력해서 여자친구 잘 만들어 볼게요. 얘기해줘서 고마워요."

"네, 아저씨. 저희 5교시해야 해서 가볼게요."

"안녕히 계세요. 아저씨."

둘은 그러고는 과자와 살짝 미지근해진 음료수를 챙기고 떠났다. 그래, 요즘 애들은 우리 때랑 정말 다르다니깐. 눈치도 빠르고 영악한 녀석들이 초등학생이라는 신분 뒤에 잘도 숨어있다니깐. 끝내 나는 아무런 소득도 얻지 못하고 꼼짝없이 당하기만 했다. 당돌하고 귀여워서 그냥 웃어버릴 수밖에 없었다.

곧바로 오빠 소리를 들으려고 시도했던 내 모습이 한참이나 부끄러워서 견딜 수가 없었다. 나도 어렸을 때 군인에게 위문편지를 쓸 때면 항상 '군인 아저씨'라는 표현을 사용했다. 고작해야 20대 초반에 불과한 군인 청년들은 편지를 받을 때마다 황당하고 웃겼을 것이다. 하지만 아무리 생각해도 그때의 내가 쓸 수 있는 표현은 '아저씨' 뿐이었다.

영희와 민지도 그랬으리라. 아저씨 말고는 부를만한 알맞은 단어가 없을 테니까. 확실히 '오빠'는 너무 양심이 없고, '삼촌'은 애매하다. 그 아이들에게 나라는 사람의 경계는 '아저씨'가 적당했던 것이다.

나의 욕심을 영희와 민지에게 섣불리 강요했던 것이 미안하다. 다행히 불편하지는 않았는지 그 이후로도 아이들은 자주 머물고 갔다. 이상하리만치 평소보다 아저씨라고 부르는 빈도수가 더욱 많아진 것이 내 억울한 반응을 되레 영악하게 즐기는 듯했다.

누군가 '어른이 된다는 것은 시시각각 변하는 자신의 호칭을 받아들이는 일이다.'라는 말을 했다. 요즘처럼 그 말에 매우 공감이 된 적이 없다. 나이를 먹는다는 것은 필연적으로 그렇게 되는 것 같다. 우리는 모두가 선배 세대와 후배 세대의 과도기인 셈이다. 버릇없다, 꼰대다, 그런 소리를 듣고 싶지 않다면 내가 중심이 아니라, 수많은 과도기중 하나라는 사실을 인정해야 하는 것 같다.

언젠가 민지가 고맙게도 이런 말을 해준 적이 있다. "아저씨는 편한 친구 같아서 같이 얘기하는 게 재밌어요. 아저씨 편의점 그만두지 마세요."

그 말을 들었을 때, 적어도 꼰대 소리는 듣지 않아서 다행이라고만 생각했다. 지금 돌이켜보니 열일곱 살이나 어린아이에게 편한 친구 같다는 말을 듣는 것은 최고의 칭찬이 아니었을까 싶다. 살아온 환경과 선입견이 있는 이상은 결코 넘을 수 없을 세대라는 벽을 초월한 칭찬. 이런 나를 편한 친구로 생각해 준 열두 살 여자아이가 참 고맙다.

세대 간에 편견을 씌우고, 가두고, 지키고, 경계를 그어 나누는 행위는 자주 우리에게 유용하게 느껴지곤 한다. 분노를 표출할 대상이 있어야 하고, 내가 쟤보다는 낫다는 위안을 자꾸 심어줘야 간신히 살아갈 수 있을 것 같기 때문이다. 그러나 그렇게 생긴 위안은 잠시뿐, 또 다른 대상을 찾아 나서야 한다. 그건 전혀 건강한 방식이 아니다.

그러니 우리가 다정하고 건강하게 살기 위해서는 우리는 모두 과도기를 살아가고 있음을 인정해야 한다. 다시 말해, 내가 세상의 중심이 아니라는 걸 인정하는 것이다. 그건 어린아이에게도 배울 점이 있다는 것과 노인과도 친구가 될 수 있음을 오롯이 이해하는 것이다.

그러니 오늘도 고민하는 당신, 버릇없거나 꼰대 같다는 말을 듣고 싶지 않으면 남은 선택지는 하나다. 그저 '친구'가 되는 것이다.

사랑은
모양이 없다

/

    2016년 10월에 KBS에서 기획한 〈동행〉이라는 다큐멘터리 프로그램에서는 아내 없이 홀로 어린 딸을 키우고 있는 뇌성마비 아빠의 일상을 다뤘다. 그날 방영된 이 프로그램은 TV를 타고 전국으로 송출됐고, 수많은 사람들이 감동의 눈물과 미소를 동시에 지었다.

    많은 이들의 심금을 울리고, 또 미소를 짓게 한 것은 그의 딸 수연이가 너무나 착하고 사랑스러웠기 때문이다. 혹여나 딸의 친구들 앞에서 자신이 놀림거리가 될까봐 뇌성마비를 가진 아빠는 수연이 앞에 쉽게 나타나지 않는다. 전봇대 뒤에 숨어있는 아빠를 양지로 이끌고 나오는 사람은 다름 아닌 딸, 수연이다.

수연이는 아빠의 손을 잡고 당당하게 친구들에게 소개한다. "얘들아, 우리 아빠야!" 기어코 자기 친구들 앞에 아빠를 세운 딸은 미주알고주알 친구들을 소개한다. "얘는 민정이구, 얘는 해미구, 얘는 유진이야!" 유유상종, 끼리끼리 논다는 말이 맞나 보다. 민정이와 해미와 유진이는 90도로 상체를 숙이며, "안녕하세요, 아저씨!"하며 인사한다.

화룡점정으로 제작진과의 인터뷰에서 수연이는 아빠에 대한 사랑과 존경을 가득 담아 보낸다. 소녀에게 제 아빠는 '뇌성마비 아빠'가 아닌, 그저 '최선을 다해 사는 멋진 아빠'였다. 수연이는 뒤이어 말한다.

"우리 아빠가 미소 짓는 게 세상에서 제일 좋아요."

그제야 뇌성마비를 가진 아빠는 이럴 줄 알았으면 수연이 학교에도 진작 찾아가 볼 걸 그랬다며 수줍게 웃는다.

수연이의 커다란 눈에는 한 치의 거짓도 보이지 않았다. 때 묻지 않아 똘망똘망한 눈빛에는 오로지 넘치는 사랑만이 있었다. 사랑 앞에서 부끄러움은 힘을 쓰지 못했다. 수연이에게 아빠는 자랑스러운 사람이었다. 사랑이 흘러넘치는 나머지 주체하지 못해 타인에게 뽐내고 싶은 경지. 그야말로 자타공인 사랑의 기술자, 에리히 프롬이 말하는 '궁극의 사랑'이다.

카를 융, 알프레드 아들러와 함께 세계 3대 심리학자라 불리는 에리히 프롬은 저서 〈사랑의 기술〉에서 진정한 사랑이란, 꽁꽁 숨기고 집착하는 것이 아니라 넘치고 흘러 내려 다른 사람에게까지 영향을 끼치게 되는 것이라고 말했다. 건강한 사랑에는 부끄러움과 질투가 없다. 그 마음이 커지면 형제애(인류애)가 된다. 사랑의 궁극적인 완성. 장애도, 주변의 시선도 개의치 않고 오직 사랑만 내어놓는 형태. 수연이의 사랑이 그러하지 않나 싶다.

내가 워낙 의심이 많은 성격이라 '이 부녀가 워낙 특이한 케이스 아닌가?' 하는 생각도 들었다. 나는 누구보다도 장애가 주는 비극이 무엇인지 잘 알고 있기 때문이다. 장애는 크든 작든 필연적으로 주변 사람들의 '희생'을 요구했다. 가족의 희생이 가장 크고, 다음으로 연인과 친구의 희생, 직장동료들의 희생 등등이 이어진다.

나의 경우는 자식이 장애를 가지게 된 케이스고, 수연

이는 태어나보니 부모가 장애인인 케이스라 물론 결이 다르다. 장애를 가진 자식은 그래도 부모의 품에서 보호받을 수 있는 반면, 장애인 부모에게서 난 자식들은 상대적으로 상호 간 보호가 필요하기 때문이다.

대중 매체의 자극적인 이미지 노출도 큰 영향을 준다. 장애가 없는 자식은 늘 장애인 부모의 뒷바라지를 하는 장면만 주구장창 나온다. 카메라는 지치고 피곤한 아이의 공허한 눈동자에 초점을 잡고, 측은지심을 유발해 시청자들에게 기부를 요구한다. 자연히 장애는 불쌍하고, 가난하고, 불행하다는 인식이 우리의 뇌에 자리 잡는다.

나 하나를 키우기 위해 얼마나 많은 사람들이 헌신했는지를 안다. 나의 그릇에 얼마나 많은 사람들의 사랑과 인내가 들이부어졌는지 전부 헤아릴 수 없지만 느낄 수 있다. 종종 내 안에 채워진 사랑과 인내의 깊이에 압도되곤 한다. 그럴 때마다 겸허해진다. 가족에게 장애가 있다는 것은 그런 것이다.

요즘은 아이를 낳지 않는 '딩크(DINK)' 부부가 많다고 한다. 현실적으로 아이를 키울 여건이 되지 않는 요즘이기에 아무도 쉽게 비난할 수 없다. 이유는 다르지만 나도 딩크를 지향한다. 내가 받은 사랑 그 이상을 내 아이에게 채워줄 자신이 없거니와, 장애인 부모를 둬야 하는 짐을 지게하고 싶지 않은 까닭이다. 손주를 볼 수 없다는 생각에 부모님은 꽤나 아쉬워하시는 눈치다. 나보다 연애 경험이 훨씬 많은 동생이 먼저 손주를 보여드릴 가능성이 더 높지 않을까 싶다.

부모의 장애는 필연적으로 아이에게 불행을 가져다주고, 희생을 요구할 수밖에 없다는 나의 추측은 놀랍게도 틀렸다. 내가 의심했던 우려는 그리 큰일이 아니었다.

장애인 부모를 둔 자식들은 의외로 그 나름대로 적응하고 있었다. 시각장애 부모를 둔 아이는 어디선가 혼자 잘 놀다가 넘어지면 울지 않고 있다가, 부모의 무릎팍에 와서야 품에 안기며 울고 칭얼댄다고 한다. 청각장애 부모의 아이는 아침에 아직 곤히 자고 있는 부모의 곁에 와서 손가락으로 콕콕 찌르고 안기며 부모를 깨운다. 인터폰이 울리면 아이가 먼저 엄마의 바짓가랑이를 잡아당겨 현관문으로 데려간다고 한다.

〈동행〉 출연 이후 후일담을 촬영하기 위해 제작진은 2020년에 다시 수연이네를 찾았다. 가슴 뭉클한 사연이 널리 퍼지고, 성실한 아빠를 눈여겨 본 어떤 사장님 덕분에 용접공으로 취직하게 되었다고 한다. 집안일을 하고 있던 수연이에게 제작진이 힘들지 않으냐고 질문했다. 그러자 수연이는 "우리 아빠는 멋진 일(용접공)을 하고 계시니까 제가 도와드려야 해요."라고 대답했다. 아빠를 도와 바비큐 파티를 준비하고, 민정이와 해미와 유진이를 초대해서 다 함께 맛있는 저녁을 먹기까지 한다.

부모가 장애를 가지고 있지만 편견에 개의치 않았던 그 자식들은 나름대로 맞추며 사랑하고 있었다. 편견이 아무리 무섭고 거대하다고 한들 사랑 앞에서는 바람에 금세 날아가고 마는 한 줌의 먼지에 불과했다.

순간, 내가 '희생'이라고 부르던 것이 희생이 아닐 수도 있겠다는 생각이 스쳐 갔다. 그건 불쌍히 여길 일도, 열등한 환경도 아니다. 그건 그냥 사랑이다. 그들이 서로를 사랑하는 방식이다. 사랑의 또 다른 이름이고, 또 다른 모양이다. 삶과 사랑에는 정답이 없기에 가능하다. 부모와 자식이 어떤 형태의 사랑을 하던 그게 무슨 대수랴. 서로가 정답고 살뜰하면 그만이다.

여기서 나는 내가 좋아하는 시인, 백석의 〈나와 나타샤와 흰 당나귀〉의 한 구절이 떠올랐다. 아무리 가난하고 어려워도, 그저 사랑은 둘이서 정답기만 하면 된다고 노래한 '사랑 시인' 백석.

나타샤를 사랑은 하고
눈은 푹푹 날리고
나는 혼자 쓸쓸히 앉어 소주(燒酒)를 마신다

소주를 마시며 생각한다
나타샤와 나는
눈이 푹푹 쌓이는 밤 흰 당나귀를 타고
산골로 가자 출출이 우는 깊은 산골로 가 마가리에 살자

(중략)

눈은 푹푹 나리고
아름다운 나타샤는 나를 사랑하고
어데서 흰 당나귀도 오늘 밤이 좋아서 응앙응앙 울 것이다

미국의 심리 전문가 트래버 모와드는 실험을 통해 인간이 부정적인 감정을 긍정적인 감정보다 무려 7배 더 강력하게 느낀다는 사실을 발견했다. 나는 이 실험 결과를 참 좋아한다. 우리가 느끼는 부정적인 감정들이 사실은 7

배나 가까이 부풀려지고 뻥튀기됐다고 다독이면 기분이 나아지는데 큰 도움이 된다. 장애, 편견, 열등감, 사회적 시선 등이 아무리 거대하다고 한들, 사랑은 그것들보다 더 고차원의 언어다.

아이들은 특히 그걸 잘 이해하고 있는 듯하다. 때 묻지 않아 마음의 탄력이 좋다. 이것저것 재지 않고 뭐가 더 자신을 행복하게 만드는지 잘 안다. 아이들에게는 부모의 품과 사랑이 자신을 행복하게 만든다는 사실만이 중요하다. 이렇게나 간단한 것을 우리는 왜 어렵게 돌아가는 걸까. 우리도 아이들처럼 더 단순하게 생각할 필요가 있을 것 같다. 21세기 초, 세상에 아이폰(IPhone)을 제시하며 인류의 새로운 도약의 지평을 열었던 스티브 잡스가 외치지 않았던가. "심플 이즈 베스트"라고. 그렇다. 단순한 게 최고다. 단순한 게 가장 아름다운 법이다.

잘 먹고,
잘 사랑하는

우리 어머니는 가족을 위해 식사를 차리시고는 늘 내게 이렇게 물으신다. "동희야, 엄마가 해주는 반찬이 제일 맛있지?" 표현이 서툴렀던 나는 말없이 고개를 끄덕이기만 했다.

그럼 어머니는 다시 답을 재촉한다. "어? 맛있지~?" 그러면 나는 짐짓 성질을 부린다. "아잇! 맛있다고 끄덕였잖아!" 그러면 엄마는 피식 웃는다. 어머니는 작업실에 가져가서 친구들과 함께 나눠 먹으라고 따로 반찬을 챙겨주곤 하셨다.

왜 가까운 사람일수록 표현을 잘 못하는지 스스로 이해하기 어렵다. 사랑한다는 말을 표현하는 것이 세상에서 제일 어려운 듯하다. 생각만 해도 쑥스럽다. 그 단어에 담긴 진심의 무게를 견딜 수가 없던 탓일까. 그러고 보니 부모님께는 사랑한다는 말씀을 드린 적이 거의 없는 것 같다.

작업실에 있을 때의 나는 밖에서 사먹는 일이 드물었다. 거의 대부분 끼니를 직접 만들어 먹는다. 처음에는 생활비가 부족해서였다. 밖에서 사 먹을 돈이 없으니 재료를 사다가 직접 조리해 먹어야 했다. 그 덕분에 대학생 때 패밀리 레스토랑에서 다년간 아르바이트를 했던 경험을 되살리고 있다. 돈을 아끼는 건 덤이고, 다양한 요리를 만들어 보는 기쁨도 누리고 있다.

요즘 설레는 취미 중 하나는 대형마트에 가서 장을 보는 것이다. 빛바랜 노란 바구니 하나 집어 들고 천천히 신선식품 코너와 정육코너를 돌아다닌다. 작업실 냉동실에 간소고기가 남은 게 있으니, 숙주나물이랑 애호박만 사서 칼국수를 해먹을까? 아니면 두부랑 대파를 사서 마파두부를 해먹을까? 가지고 있는 식재료와 어떻게 조합할지 행복하게 고민한다. 혹은 생각지 못했던 재료를 발견하거나, 그날의 특가 행사를 하는 재료가 있으면 새로운 요리를 만들기도 한다.

두 번째 취미는 그렇게 사온 재료를 가지고 요리를 해서 작업실 동료들과 함께 나눠먹는 것이다. 대형마트에서 구매한 식재료들은 포장 단위가 정해져 있기 때문에, 혼자서는 빠르게 소비하기가 어렵다. 금세 곰팡이가 피거나 상할 때가 한두 번이 아니다. 어차피 혼자 다 먹지 못할 거, 기왕이면 '푸우'와 '딤채'와 '구미'와 함께 나눠 먹으려고 아낌없이 만든다.

이 친구들이 내가 만든 음식을 먹고 행복해하는 반응은 나를 기분 좋게 한다. 애들은 정말 맛있게 잘 먹어준다. 요리에 자꾸 자신감이 붙는다. 더 다양한 요리를 시도해 보고 싶어진다. 더 맛있게 만들고 싶은 욕심이 생긴다.

무엇보다 이 친구들은 음식 앞에서 표현이 솔직하다. 이래서 맛있고, 저래서 맛있다며 표현을 적극적으로 한다. 정말 맛있어하는 것이 눈빛과 표정에서 드러난다. 내가 "맛있어?"라고 한 마디 던지면 열 마디가 돌아온다. 어떻게 만들었냐고 물으며 레시피를 공유해달라고 한다.

그중 특히 '구미'의 음식을 대하는 마음에는 이길 자가 없다. 음식 앞에서 구미가 보이는 태도를 보면 스스로 반성해야겠다는 마음마저 느껴진다.

구미는 우리 가운데 먹는 것에 유독 진심인 편이다. '먹방'을 즐겨 보고, 예쁜 디저트 사진을 보며 입맛을 다시며 스크랩한다. 여러 종류의 케이크를 만들어낼 줄 아는 재능을 지녔다. '먹방'을 보면 대리만족이 가능하고, 식욕이 줄어들어서 다이어트에 도움이 된다는 말은 아무리 들어도 납득이 되지 않는다.

진득하게 관찰한 결과, 구미는 맛있는 음식 앞에서 '3단계의 리액션'을 보인다. 1단계는 맛있는 음식이 눈앞에 등장했을 때다. "우와!", "어떡해, 대박!", "미쳤다!" 세 가지 중 한 가지 감탄사가 랜덤하게 나온다. 바로 자기 아이폰을 집어 들어 사진을 2~3장 찍는다. 찍은 사진을 보내 달라고 하면, 자기는 사진을 잘 못 찍으니 직접 찍으라고 한다. 사진을 찍는 것은 아마도 음식을 먹기 전에 하는 무의식적인 버릇이지 싶다.

2단계는 음식이 입에 들어갔을 때다. 들어본 적 없는 하이톤으로 경탄한다. 이때 구미의 목소리는 마치 진공상태에서 빠르게 이동하는 물질 같다. 어떤 공기저항도

받지 않는 것처럼 내 귀에 빠르게 꽂힌다. 보청기를 빼고 들어도 들을 수 있을 것 같다. 이 소리를 들을 때마다 푸우는 귀청이 찢어진 듯 표정을 찡그린다. 꽤 본능적으로 뱉은 소리였는지 구미는 민망해하며 잠시 눈치를 살핀다.

"으흠!", "너무 맛있어!" 연신 감탄사를 뱉으며 오물거린다. 나는 음식을 집거나 먹을 때 시선이 음식으로 향하기 때문에 말소리를 들을 수 없다. 그때는 대화가 잠시 중단된다. 상대방도 내가 음식을 다 먹을 때까지 기다려준다. 다시 얼굴을 마주 봐야 다시 대화가 이어진다. 그래서 음식에 시선을 두고 있을 때 알아들을 수 있는 소리는 매우 드문 편인데, 구미의 감탄사는 신기할 만큼 귀에 쏙쏙 들어온다.

3단계는 만족스러운 표정으로 옆에 있는 사람을 톡톡 때린다. 미간이 찡그려져 있다. 우리는 이를 일컬어 '진실의 미간'이라 부른다. 이내 구미는 옆 사람을 콕콕 찌른다. 나지막이 동의를 구한다. "진짜 맛있지 않아?"

푸우와 딤채와 나는 이따금 구미의 말투를 흉내 내며 포복절도한다. 먹는 음식마다 연신 맛있다고 외치니 걔한테 맛없는 게 세상에 존재하기나 할까 의심스럽다.

그런데 사람이 적응한다는 게 참 무서운 일이다. 이제

그 목소리가 없으면 아쉽다. 맛있는 음식 앞에서 기쁜 마음에 힘껏 솔직하던 구미의 목소리가 이제는 식전 의식처럼 여겨진다.

구미의 표정을 살피며 "맛있어?"라고 묻자마자, 어머니와 똑같은 질문을 하고 있는 내 모습에 흠칫했다. 더 놀랐던 것은 질문을 듣자마자 곧장 고개를 열심히 끄덕이며 "진짜 맛있어! 어떻게 이렇게 잘 만들어?"라며 적극적으로 표현하는 구미의 모습이었다.

언젠가 잔치국수를 만들어서 구미와 같이 나눠 먹을 때, "너는 보는 사람도 기분 좋아지게 잘 먹는 것 같아."라고 말한 적이 있었다. 그때 구미가 잔치국수를 후루룩 마시며 했던 대답이 기억에 남아 있다. "맛있고, 고맙고, 기분이 좋은데, 열심히 잘 먹어야지. 나도 모르게 그렇게 되던데. 너는 안 그래?"

영국이 낳은 위대한 여류 소설가 버지니아 울프는 "잘 먹는 사람은 곧 잘 생각하고, 잘 사랑할 수 있는 사람"이라고 했다. 잘 먹는다는 것은 밥그릇을 싹싹 비우는 것만 해당하는 것은 아니라는 의미다. 음식의 맛뿐만 아니라 시각적, 후각적 감각, 함께 먹는 사람들과의 오붓한 시간, 음식을 만들어 준 사람에 대한 존중과 감사가 덧대어질 때 비로소 '잘 먹는다'고 말할 수 있다.

구미의 음식을 대하는 태도를 보고 우리는 자주 흉내 내며 놀렸지만, 절대 하찮게 보이지 않았다. 오히려 부러 웠다. 음식 앞에서 솔직해질 수 있는 게 얼마나 좋은가. 자 기감정에 있는 힘껏 충실한 것이. 표현이 적극적인 것이. 작고 사소한 것에서도 자신의 행복을 찾을 수 있는 것이.

그래서 나는 물어보거나 알아보지 않아도 확신할 수 있다. 구미는 자기 앞에 주어진 음식을 귀하게 여기는 만 큼, 자신의 삶도 그렇게 귀하게 여기며 살고 있으리라는 사실을.

이제야 어머니가 자꾸 맛있냐고 그토록 물어보는 심정 을 조금은 헤아릴 수 있게 됐다. 나는 여전히 사랑한다는 말을 할 용기가 없다. 맛있다는 말도 잘 못하겠다. 나의 '맛있어요'라는 말은 곧 '사랑하는 엄마가 해준 음식이라 그런지 특히 더 맛있는 것 같아요'라는 말과 동일하기 때 문이다. 스스로 진심이 담긴 말의 무게를 감당하기 어려 워서 쉽사리 입 밖으로 꺼내질 못한다.

요즘은 조금 빙 돌아서 가는 방법을 선택하고 있다. 어머니의 레시피를 배우고 있다. 무심한 척, "엄마, 소고기 뭇국 만드는 방법 좀 가르쳐줘."라고 부탁드린다. 그러면 어머니는 매우 신나신 듯, 곧장 마트에 가서 소고기와 무를 사오셨다. 대파와 무를 써는 법부터 차근차근 가르쳐 주신다. 참기름에 소고기를 볶고, 어느 타이밍에 물을 부어야 하는지 알려주신다. 어머니의 레시피는 정량이 없다. 간을 어떻게 맞춰야 하냐는 나의 질문에 어머니는 말 없이 간장과 참치 액젓을 대충 붓는다. 국물을 한 입 마셔 보고는 "이 정도면 딱 간이 맞는 거야. 잘 기억해."라며 나에게도 국자를 들이민다. 그런 게 '손맛'이라며 머쓱하게 웃으신다. 그렇게 어머니에게 여러 가지 음식을 배웠다.

도저히 말로 표현하기에 용기가 나지 않는 서툰 아들이, 받은 사랑에 대한 감사를 되돌려주겠다고 생각한 최선의 방법이었다. 어머니의 레시피를 가르쳐달라고 말하는 것. 어머니의 손맛을 잘 기억하는 것. 어머니가 가르쳐준 요리를 만들어서 "우리 엄마가 가르쳐준 거야."라고 말하며 친구들에게 대접해 주는 것. 그리고 이렇게 지면으로 남기는 일이다. 구미에 비하면 한참이나 부족하지만, 부디 나의 서툰 사랑 표현이 조금이라도 전해졌으면 좋겠다.

우리 손자
큰 사람

시인이자 서예가였던 외할아버지를 전남 해남의 야트막한 선산에 묻어드리고 난 뒤의 일이다. 유품을 정리하기 위해 아버지와 함께 외할아버지의 작업실로 갔다. 외할아버지가 홀로 생활하고 계셨던 을지로의 허름한 단칸방의 문을 열자마자 노인들 특유의 몸 냄새가 훅하고 코를 찔렀다. 비위가 약했던 나는 순간, '읍' 하고 급히 숨을 참아야 했다.

누울 자리조차 없이 빼곡하게 온갖 골동품들이 작은 방을 채우고 있었다. 오래된 책과 가구와 먼지의 케케묵은 냄새, 혼자 사는 노인이 방을 환기하지 않아 생기는, 코

끝을 찌르는 쉰내가 섞여 있었다. 매우 역하면서도 조부모의 품에 안겼을 때를 떠오르게 하는, 묘하게 그리운 냄새였다.

90년대 초에나 잘 팔렸을 법한 브라운관 곡선 TV와 한자로 치덕치덕 채워져 있는 알 수 없는 두꺼운 서적들을 한참이나 옮기고 나니, 곰팡이가 가득 핀 벽지와 뜯으면 손쉽게 벗겨낼 수 있을 것 같은 옛날 장판이 수줍게 드러났다.

한 번도 할아버지가 안쓰럽다는 생각을 해본 적이 없었는데, 할아버지의 작업실을 보며 처음으로 안쓰럽게 사셨다는 생각을 했다. 내 기억 속 외할아버지는 호리호리하고, 허리가 곧고 반듯한 분이셨다. 항상 품이 느슨한 낡은 정장과 중절모, 비즈니스 백을 들고 다니셨다. 눈썹이 정말 진하고 두꺼웠다. 젊었을 때 고위직 공무원이셔서 굶고 다니는 분은 아니실 텐데도 늘 피골이 상접한 용모였다. 그 덕에 광대가 도드라지고 눈매가 날카로웠다.

은퇴하시고는 시인, 서예가로 활동하신 점이 더욱 신묘함을 자아냈다. 외할아버지는 시집이 나올 때마다 항상 읽어 보라고 주셨다. 2000년에 김대중 대통령과 함께 찍은 사진도 자랑하셨다. 그러니 어린 나에게 외할아버지는 우러러볼 수밖에 없는 존재였다. 우연히 외할아버지의 사진을 본 친구가 50년 동안 도를 닦은 역술인 같으시다는 말을 했는데, 정말 그렇게 보인다. 그는 마지막 순간까지 총기 어린 품위를 유지했다.

그런 할아버지가 생활하던 초라한 단칸방은 이면의 현실을 적나라하게 보여줬다. 손자가 우러러본 '할아버지의 위대함'은 낡고 곰팡이 가득 낀 단칸방을 등지고서 세워진 껍데기였던 것일까. 내가 상상했던 것처럼 할아버지의 인생은 마냥 태양 아래를 달리는 것만은 아니었던 것 같다. 벽지에 새겨진 곰팡이와 공기에 녹아든 쉰 냄새는 그가 매일 꿋꿋이 견디며 살아온 투쟁의 산물이었으리라.

복잡 미묘한 마음으로 옷에 잔뜩 묻은 먼지를 털어냈다. 작은 방을 나서려 뒤를 돌아섰더니 하나뿐인 문 위에 조악하게 붙여둔 한지가 눈에 띄었다. 보통 그 자리에 제일 귀한 걸 걸어두지 않던가. 자신이 가장 소중하게 여기는 것. 혹은 인생이 상서롭고 복되기를 간절히 바라는 부적이나 드림캐처라든지. 분명 가장 소중해 보이는 서예지였다. 액자도 없이 구겨진 자국을 그대로 방치한 채 가장자리에 스카치테이프로 붙여 놨다. 붙여둔 채 얼마나 오

래 방치되었으면 투명한 테이프가 불투명하고 누리끼리
한 색으로 변색 되어 있었다.

[우 리 손 자 큰 사 람]

판본체로 쓰인 일곱 자리 글자를 보자마자 나는 무어
라 형언할 수 없는 기분을 느꼈다. 우리 손자.

일곱 글자를 보면서 찰나에 외할아버지와의 추억들이
지나갔다. 그는 늘 나를 앞에 앉혀두고 자신이 알고 있
는 한자들을 가르쳐주며 인생은 어떻게 살아야 하는지 알
려주셨다. 그의 인생이 담긴 조언을 비록 어리고 분별없
던 손자는 반은 알아듣지 못했고, 반은 알아듣는 척을 했
지만 말이다. 분명히 티가 났을 터인데 할아버지는 개의
치 않고 말씀을 이어 가셨다.

실상 어떤 말씀도 기억의 책갈피에 적혀 있지 않은 추
억들이지만, 그가 말하는 '우리 손자'란 분명 나를 뜻하는
것이었다.

청각장애에도 불구하고 열심히 꿈을 키우고, 학업에
정진하여 서울대학교에 진학한 손자를 보며 할아버지는
분명 자랑스러워하셨을 거라는 확신이 들었다. 문 앞의

일곱 글자를 보며 늘 손자를 아꼈을 그 마음과 단 한 번도 제대로 할아버지를 마주한 적이 없는 불효 손자의 마음이 안에서 상충했다. 형언할 수 없었던 그 기분이란 아마도 감동과 죄책감 사이 어딘가의 스펙트럼이다.

꽉 터질 것만 같은 눈물샘을 눈 주변 근육에 힘줘 애써 참았다. 아버지에게 능청스레 말했다.

"저 문 위에 있는 것도 떼야 하지 않아?"

"떼야지."

"내가 뗄게."

"그래라."

아버지는 별 감흥 없이 대답했다. 나는 조심스럽게 테이프를 벗기고 한지를 고이 접었다. 따로 챙겨왔던 백 팩에 조심스레 넣었다. 돌아가신 외할아버지가 나를 애틋하게 여겼다는 증거. 내가 할아버지의 자랑이었다는 증거. 할아버지가 말하는 '큰 사람'이 되고자 마음을 먹었다. 살다가 힘들거나 지칠 때 다시 힘을 얻기 위해 꺼내서 한 번씩 볼 요량이었다.

집에 와서 가족끼리 식사를 하면서 어머니에게 한지를 꺼내 보여드렸다. 외할아버지 방에서 가져온 유품이라고 말씀드렸다. 어머니가 힐끗 보더니, 어렸을 때 본 기억이 난단다.

"옛날에 봤다고?"

"응. 엄마 엄~청 어렸을 때."

"그게 무슨 소리야?"

"아마 할아버지가 아빠한테 써주셨던 걸 거야."

"어? 이해가 안 돼."

"그니까 네 고조부가 살아생전에 네 할아버지한테 써주신 거라고."

아, 왜 그 생각을 못했을까? '우리 손자'가 내가 아니라 외할아버지 본인일 수도 있다는 사실을. 부끄러워서 식은 땀이 싸악 맺혔다. 당신의 아들이 밥을 먹다 말고 얼굴이 새빨개지는 것을 보고 부모님은 눈치를 챘다.

"푸하하, 너 이거 네 이야기인 줄 알고 가져온 거구나? 우리 아들은 착각도 아주 거창하게 하네."

나는 말없이 서둘러 식사를 끝내고 한지를 홱 들고 방으로 들어와 버렸다. 부모님이 키득거리는 소리가 환청처럼 들렸다. 우리 손자 큰 사람. 민망스럽게도 그 판본체는 나에게 전해진 것이 아니었다.

문득 궁금했다. 큰 사람이란 어떤 사람일까? 나의 외할아버지께서는 '큰 사람'이 되셨을까? 할아버지는 큰 사람이었나? 큰 사람으로 살기 위해 어떻게 노력하셨나?

몇 곱절은 더 살아오셨을 할아버지의 생을 전부 헤아릴 수 없겠지만 손자로서 대답하자면, 단연 '예스'다. 질고 날카로운 눈, 늘 엄한 표정, 가는 시간을 정직하게 마주한 주름진 피부, 단정한 품새와 허리. 정말 평생을 고조부와의 약속을 지키기 위해서가 아니고서는 설명할 수 없는 반듯한 노인의 모습이다.

사춘기 시절 듣는 둥, 마는 둥 하는 바람에 할아버지의 이야기를 전부 제대로 듣지 못했지만, 훗날 아버지께서 이야기해 준 외할아버지의 멋진 일화 한 가지는 여전히 기억하고 있다. 이 지면을 핑계 삼아 외할아버지의 일화를 기록해 본다.

외할아버지는 오래전부터 자신의 성씨와 본관에 의문을 품고 계셨다. 보통 본관은 지명으로 한다. 예를 들어, 내 성인 '전주 이씨'는 본관이 전라북도 전주다. 할아버지의 본관은 '선산 임씨'였다.

각 성씨에는 시조가 있다. 선산 임씨의 시조는 '임양저'

라는 어른이다. 하지만 이상하게도 임양저 어른은 평택 임씨 등 몇몇 임씨의 시조로 불리고 있었다 할아버지는 연구를 통해 오직 선산 임씨만이 임양저 어른의 직계 후손이라는 것을 확신하셨고, 그걸 물증으로 증명하고 싶어 하셨다. 그래서 선산 임씨의 본관인 경상북도 구미시의 선산읍에 가면 단서가 있을 것이라고 추측했다.

의문이 생기면 곧바로 행동으로 옮겨서 해소해야만 하는 성격이셨던 외할아버지는 수년 동안 평일에는 공무원 일을 하시고, 주말이 되면 경상북도 구미로 가서 '임양저 어른'의 흔적을 찾아보셨다고 한다. 당시 외가 가족들은 이런 외할아버지의 행동을 탐탁지 않게 여겼지만, 아버지만큼은 흥미로워하며 장인어른을 응원했다고 했다.

결국, 기어이 구미의 어느 산자락에서 무덤이 있었을 법한 공터를 찾았다. 포크레인을 동원해 묻혀있던 '임양저' 어른의 1000년 된 비석을 발견했고, 그가 '선산 임씨'의 시조라는 기록을 확인했다.

그 공로로 선산 임씨 종친회에서 상도 받고, 임양저 어른의 무덤도 제대로 지어졌다. '선산 임씨'라고 검색하면 나오는 기록의 대부분이 다름 아닌 우리 외할아버지의 업적이다.

[우리 손자 큰 사람] 일곱 글자를 매일 가슴에 새기고 문밖을 나섰을 노인의 뒷모습이 선연히 그려진다. 큰 사람은 못 됐을지 몰라도, 큰 사람이기 위해 인생을 바쳐왔음은 분명해 보였다. 할아버지의 많은 이야기들에 녹아 있었을 신념들을 내가 간과하고 말았다는 사실이 못내 아쉬웠다.

기이하게도 손자는 전공하던 미술을 내려두고 당신처럼 비슷하게 글을 쓰고 있다. 에세이를 출간하고, 글쓰기를 가르치며, 여러 칼럼을 기고하며 '글밥'을 먹고 산다. 알게 모르게 할아버지의 등을 따라가고 있는 기분이다. 여전히 낡은 마룻바닥에 마주 앉아서 한자를 공부하고 있는 기분이다.

할아버지가 직접적으로 표현한 적은 없지만, 나는 그냥 이 유품이 나에게로 도착한 것이 운명이라고 믿기로 했다. 여러 손자들 가운데 기적적으로 내게 닿게 되는 것이었다고, 내가 가져가게 될 것이었다고, 뒤따라서 큰 사람이 될 운명이었다고.

할아버지는 이럴 줄 이미 아셨을까. 할아버지는 곁을 떠나셨지만, 무언가 더 큰 것을 채워 완성한 기분이다. 여전히 큰 사람이란 무엇을 말하는지 잘 모르겠지만, 일단은 허리에 힘을 주고 곧추선 자세로 키보드를 두드리는 것부터 시작해야 하지 않을까 싶다.

지극히
개별적인 감수성

드라마 〈응답하라 1988〉에는 이런 장면이 있다. 연말에 성동일 부부와 3남매가 반지하 좁은 거실에 연탄불을 떼고 오순도순 모여서 사이좋게 솜이불을 덮고 있다. '연말 가요제'를 다함께 시청하면서 올해의 가수상은 누가 수상할지 가족끼리 예측한다. 찍었다 하면 늘 틀리는 '똥손' 성동일과 가족 간의 '케미'가 유쾌하게 드러나는 부분이다.

1990년 12월 31일의 가요제를 함께 시청하는 장면이 먼저 나온다. 막내아들 노을이가 "올해는 무조건 변진섭!" 이라고 소리치자, 성동일이 "현철! 이 자식아."라고 핀잔을 준다. 성동일을 비웃기라도 하듯, 변진섭이 그 해의 최고 가수상을 수상한다.

다음 장면에서는 1991년 12월 31일로 시점이 순식간에 점프한다. 민해경이 된다, 노사연이 된다, 이번에도 서로 실랑이하다가 노을이가 예상한 대로 노사연이 수상한다. 다음 해인 1992년 12월도 마찬가지. 김국환과 서태지 중에서 서태지가 상을 받는다. 어쩜 한 번도 예측이 맞은 적이 없다며 울상을 짓는 성동일을 클로즈업하며, 드라마는 순식간에 4년의 시간이 흘렀음을 극적인 방식으로 연출했다.

〈응답하라 1988〉은 그 시절에 대한 향수를 가진 시청자들의 공감대를 불러일으킨 명작으로 손꼽힌다. 쌍문동 골목의 낡은 담벼락과 당시의 촌스러운 간판 디자인뿐만 아니라, 등장인물들의 패션과 대사까지 모든 디테일이 뛰어나다. 1분 1초, 매 순간 모든 장면들이 하나도 거를 것 없이 모두 훌륭하다는 평가를 받는다.

나는 이상하게도 많고 훌륭한 장면들보다도, 1년 단위로 연말 가요제를 시청하는 성동일 가족을 보여주던 '특히 별것 아닌' 대목에서 가장 큰 감동을 받았다. 너무 가슴이 벅찬 나머지 스페이스 바를 눌러 넷플릭스를 잠시

일시 정지시키고, 널뛰는 감정을 진정시켜야만 했다. 주변 친구들에게 〈응답하라 1988〉에서 이 대목이 가장 인상 깊었노라고 이야기하면, "대체 어떤 부분이 감동적이라는 건데?"라며 도무지 이해할 수 없다는 반응을 보인다.

나는 아주 오래전부터 내가 어떤 때 감수성이 풍부해지는지, 어떤 조건일 때 감수성이 발동하는지에 관심이 많았다. 내 완벽주의적인 성격이 한몫했다. 내가 느끼는 감정의 결 하나하나를 어떻게든 언어적으로, 시각적으로 표현할 수 있거나 정리해야만 하는 집착이 컸다. 알맞은 표현을 찾을 때마다 바늘구멍에 실을 끼워 넣은 듯 개운해졌다.

그런 노력 덕분에 어떤 상황과 조건일 때 감수성이 풍부해지는지 파악할 수 있었다. 나는 자신이 어떤 때 감수성이 풍부해지는지 파악하는 것은 삶의 다른 요소들만큼이나 중요하다고 생각한다. 그걸 정확히 알고 있다는 것은 삶이 고단할 때 기대어 마음의 힘을 충전할 수 있는 방법을 최소 한 가지는 더 가지고 있다는 의미다.

또한, 사람의 감수성은 환경, 취향, 가치관 등이 모두 반영된 것이라 저마다 감수성을 느끼는 포인트가 제각각이라는 사실도 알게 되었다.

도쿄에 사는 개발자 친구 '환'은 수학 공식이 완벽하게 맞아 떨어질 때 짜릿한 쾌감과 함께 한동안 깊은 여운을 느낀다고 한다.(이 녀석은 '피타고라스의 정리'를 제일 좋아한다!) 매일 안국동으로 출근하는 '영이'는 집 현관문을 나서서 자신이 정확히 예측한 시간에 도착할 때 스스로의 촉에 감탄하며 감수성에 젖어 든다고 말했다. '푸우'는 눈 내리는 날에 경험한 따뜻한 기억이 많아, 매번 눈이 내리는 날이 되면 아무리 추워도 정처 없이 걷고 싶은 마음이 든다고 말했다. '제이'는 매우 철학적이다. 이 광대한 세상에서 자신이 너무 하찮고 작은 미물이라는 것을 느낄 때마다 겸허함을 느낀다고 말하며 뒤늦게 수줍어했다.

이처럼 친구들이 용기 내어 말해준 자신만의 독특한 감수성 포인트가 전혀 우습지 않았다. 오히려 정확하게 자기 감수성 포인트를 알고 있는 친구들이 멋지고 자랑스러웠다.

나의 독특한 감수성 포인트는 '역사적 공감대'다. 어떤 사물이나 사람이 가진 시간의 깊이를 느낄 때 정말 큰 감동을 받는다. 특히, 상대방과 공통된 역사적 사건이나 인물을 공유한다면 감수성이 훨씬 풍부해진다.

이를테면, 〈응답하라 1988〉에서 내가 감수성을 느낀 포인트는 바로 내가 아는 실존 인물들이 나왔다는 것, 다시 말해 한 시대를 풍미했던 가수들의 이름이 등장인물들의 입에서 나올 때였다. 화면 너머에서 연기를 펼치고 있는 연기자들이지만, 같은 인물을 기억하고 있다는 공감대가 생기면서 급속도로 친밀해진 기분이 들었다. 그 시대의 인물들이 언급되면서 비로소 진짜 1990년대의 분위기가 느껴졌달까.

〈미스터 션샤인〉에도 비슷한 장면이 연출된다. 미국 해병대 대위인 유진 초이(이병헌 분)는 사랑하는 고애신(김태리 분)을 지키기 위해 일부러 대사관의 성조기에 총을 쐈다. 결국, 유진초이는 군사 재판을 받고 3년 형과 함께 직위를 박탈당한다. 석방된 뒤에 정처 없이 뉴욕 시내를 걷다가 콜롬비아 대학교로 가는 길을 묻는 조선 유학생을 우연히 만난다. 그에게 길을 안내해 주며 오랜만에 조선의 사정을 듣는다. 서로 통성명을 하면서 우리는 유진 초이와 함께 걷던 조선 남자의 이름이 '안창호'임을 알게 된다.

나는 학창 시절에 역사 공부를 열심히 했다. 역사를 좋아하기 때문이기도 하지만, 내 감수성의 스펙트럼을 세세하게 늘리기 위해서였다. 내가 역사적으로 아는 사건, 인물이 많아야 감수성을 온전히 느낄 수 있지 않겠는가. 더 깊고 풍부한 감수성을 느끼고 싶다고 역사를 공부하는 아이라니, 참 별종이다.

그래도 그 덕분에 할머니와 좋은 추억을 쌓을 수 있어서 다행이었다. 사실 처음부터 할머니와 그리 대화가 많은 사이는 아니었다. 어렸을 때는 바쁜 부모님 대신 할머니 손을 잡고 동네 놀이터와 굴다리 시장을 산책하고, 할머니가 해주시는 밥을 먹었지만, 사춘기가 지나면서 큰댁에 갈 때만 겨우 인사드리는 사이로 소원해졌다.

명절날, 우리 큰댁은 세 가지 부류로 나뉜다. 첫 번째 부류는 부모님 세대다. 부엌에서 요리를 하면서 수다를 떨거나 서로 일손을 돕는다. 두 번째 부류는 나와 같은 또래 세대다. 사촌 형제자매들과 거실의 커다란 탁자에서 루미큐브나 모노폴리 같은 보드게임을 즐긴다. 마지막 부류는 바로 할머니다. 항상 거실에 있는 기억자 소파의 구석 자리에 걸터앉아 말없이 부엌과 거실을 번갈아 쳐다보신다. 조용히 우리가 하는 말을 듣거나, 뭘 하는지 관찰하신다. 할아버지는 내가 태어나기 전에 돌아가셨다.

외로워 보이는 할머니의 모습이 늘 신경이 쓰였다. 측은지심이었는지, 오지랖이었는지, 사랑이었는지는 잘 모르겠다. 보드게임을 하다가도 힐끗 할머니를 쳐다봤고, 몇 번 눈이 마주쳤다. '네가 눈 마주쳐서 어쩔 건데. 그래서 뭐라고 말 걸 건데.' 생각하며 애써 무시하려 했지만 잘되지 않았다.

결국, 어느 해 추석에 용기를 냈다. 보드게임을 하다가 말고 은근슬쩍 할머니의 곁에 가서 앉았다. 매우 가까운 거리임에도 아득히 먼 침묵이 공간을 채웠다. 그러다 우연히 테이블 구석에 할머니의 주민등록등본이 다른 잡동사니들과 함께 치워져 있는 것을 발견했다.

[1931년 8월 24일]

세상에, 1931년이라니. 1931년에 어떤 사건들이 일어났는지 머릿속에서 공부 노트가 순식간에 펼쳐지기 시작했다. 일제 강점기의 한복판에서 독립군들이 싸우다 죽어갔다, 신간회가 해체되고 〈신동아〉 잡지가 창간됐다, 그해 1월에는 전두환 씨가 태어났으며, 10월에는 내가 좋아하는 소설 〈나목〉의 작가 박완서가 태어났다.

내 옆에 앉아있는 노인이 근현대사의 살아있는 증인이라는 사실이 내 감수성을 자극하기에 충분했다.

"할머니." 나는 흥분된 마음으로 불렀다. 할머니는 지그시 나를 쳐다봤다.

"할머니, 1931년에 태어나셨어요?"

"몰라. 기억도 안 나." 할머니는 머쓱하게 웃으며 대답했다.

"할머니 어렸을 적에는 일제 강점기였잖아요. 그건 아시죠?"

"응."

"우와!" 나는 나지막이 경탄을 내뱉었다.

나는 마치 세상의 모든 것이 궁금한 철부지 갓난아기처럼 할머니에게 이것저것 물었다. 할머니, 전두환 대통령이랑 동갑인 것 알고 계시느냐, 백범 김구 선생님을 아시냐, 실제로 일본군을 본 적이 있으시냐, 할머니 주변에 독립운동을 하신 분이 있으시냐, 그 시기의 분위기는 어떠했느냐, 6.25 전쟁은 어떠셨느냐, 나의 증조부모님과 고조부모님들은 어떤 분들이셨느냐 등등.

갑자기 곁에 와서 다짜고짜 자신의 생애를 묻는 손자가 당황스러울 법도 한데, 손자가 진심으로 신나서 물어

보니 할머니도 조금씩 표정이 밝아지면서 이것저것 대답해 주셨다. 안타깝게도 전라남도 해남군의 작은 마을에서 살던 우리 할머니 가족은 내가 교과서에서 배운 근현대사와는 거리가 먼 편이었다.

그래도 흥미로운 이야기를 많이 들을 수 있었다. 나의 증조할아버지는 무신(武臣)이었다는 이야기도 해주셨다. 할머니가 열 살이 조금 넘었을 때, 일본군 순사들이 마을에 잠시 들른 적이 있었다고 말씀하셨다. 마을 어른들이 잔뜩 긴장한 모습을 처음 봤다며 소회하셨다. 6.25 전쟁 때는 도시(나주, 광주)에 가면 변고가 생긴다는 흉흉한 소문이 마을에 돌았다는 이야기를 해주셨다.

그 순간만큼은 보드게임을 할 때보다도 더 신나고 벅찼다. 시간의 연륜과 깊이를 피부에 간직하고, 역사와 함께 지나온 사람을 마주하는 것은 경이로운 일이다. 특히, 그런 사람과 이야기를 나눌 수 있는 기회는 시간이 갈수록 흔치 않아진다.

지금 우리 할머니는 치매를 앓으신다. 당신의 둘째 아들인 우리 아버지의 이름조차 기억하지 못하고, 나를 생판 처음 본다는 눈빛으로 쳐다보신다. 정정하실 때 당신의 역사에 대한 이야기를 나눌 수 있었다는 것이 얼마나 감사한 축복이었는지. 조금이나마 할머니의 낙이 되어드릴 수 있었던 것이 얼마나 다행이었는지. 왜 더 사랑한다고, 존경한다고 말씀드리지 못했는지. 새삼 있을 때 잘해야 한다는 말을 다시금 새긴다.

오래전, 어머니와 함께 세상에서 가장 신기한 사진의 순위를 매기는 한 예능 프로그램을 시청했던 적이 있다. 무려 여섯 세대가 한 사진에 담긴 사진이 공개됐다. 뉴스 기사로도 나오면서 꽤 유명한 사진이 되었다. 고조할머니, 증조할머니, 할머니, 어머니, 주인공, 딸 이렇게 여섯 여자의 모습이 한 사진에 담겼다.

사진을 보면서 대단하다는 생각과 함께 부러웠다. 살아있는 증조와 고조를 만나는 경험은 누구나 쉽게 할 수 있는 경험이 아니기 때문이다. 고조할머니의 품에 안긴 고손녀의 모습을 보면서 시간의 경이로움에 말을 잃었다.

그때 대화를 하다가 알게 됐다. 알고 보니 어머니도 어렸을 때 건장하신 증조할머니, 증조할아버지와 자주 시간을 보내셨다고 한다. 나에게는 외고조부모님이 되시는 분들 말이다. 무려 어머니가 국민학교 3학년일 때까지 정정하셨다고 한다.

명절날 어린 어머니가 시골을 가면, 외고조할아버지는 대나무 껍질을 얇게 벗긴 뒤에 작은 못을 박아서 곤충 채집통을 만들어주셨다고 한다. 정작 곤충을 잡는 것을 무서워했던 증손녀 때문에 채집통도 본인이 만드시고 곤충도 본인이 직접 잡았다는 귀여운 후문이다.

외고조할머니는 어머니가 오실 때마다 아껴 두신 간식을 쥐어주시거나, 세뱃돈으로 1원, 5원짜리 동전을 주셨다고 한다. 요즘 물가로 따지면 약 50원, 100원 정도의 금액이다. 어머니가 이야기 해주신 이 작고 귀여운 역사를 떠올릴 때마다 나는 기분이 좋아진다.

놀라울 만큼 과학과 기술이 발달하면서 언젠가 정말로 시간여행을 할 수 있는 날이 온다면, 나는 크게 욕심내지 않고 20세기 초의 어느 평범한 날로 가보고 싶다. 전라남도 해남군의 작은 마을에 살고 있는 할머니의 어린 시절과, 대나무 껍질을 깎아 채집통을 만들고 있는 나의 외고조할아버지를 만나보고 싶다. 내가 태어나기 전에 돌아가신 할아버지께도 인사드리고 싶다.

그분들의 살아온 역사 이야기를 듣고, 내 이야기를 해드리고 싶다. 내가 당신들을 얼마나 존경하고 사랑하고 감사하고 있는지 알려드리고 싶다. 그럴 수만 있다면 참 좋겠다. 그런 날이 온다면 내 감수성은 가득 차다 못해 흘러넘쳐 바다를 이루리라.

이른바 '역사적 감수성'이라 자칭하는 나의 독특한 감수성 덕분에 웃어른들을 만날 때마다 이런저런 대화를 나누는 것이 항상 흥미롭다. 같은 맥락으로 친구들, 가족들과 지난 추억을 되새기는 것도 좋아한다.

역사의 발자취가 남은 흔적들을 찾아가며 탐미하는 일은 나의 큰 즐거움이다. 세대나 환경을 초월하여 같은 시간과 역사를 향유한다는 것은 상상할 수 없이 커다란 위로와 유대감을 준다. 성동일과 유진 초이와 내가 함께 기억하고 있는 역사의 한 자락, 할머니와 어머니가 들려준 역사의 한 자락들은 다른 자락들과 함께 내 안에 그렇게 차곡차곡 겹쳐진다. 어느새 책처럼 두꺼워진 그 묶음들은 어느 날엔가 고단하고 무너지고 싶을 때, 푹신한 방석이 되어 얼마간 나를 지탱하고 다시 씩씩하게 살아갈 수 있도록 만든다. 독특하고 별나지만, 소중하고 자랑스러운 나의 감수성이다.

고양이의
야생

　아버지가 운영하는 가정 펜션에는 세 마리의 고양이를 키우고 있다. 1살 터울의 배다른 형제다. 큰 녀석은 '코코', 둘째 녀석은 '모모', 막내 녀석은 '도도'다. 코코는 제 아빠 고양이의 이름을 그대로 따왔다. 모모는 아버지와 내가 좋아하는 로맹 가리의 소설, 〈자기 앞의 생〉의 주인공의 이름에서 가져왔다. 도도는 아주 최근에 이웃이 새끼를 낳아 데려온 막내인데, 큰 의미 없이 발음을 비슷하게 하고 싶어서 지었다. 셋 다 한 글자씩 합치면 '코모도' 도마뱀이 연상되기 때문에 강하고 튼튼하게 지내라는 의미도 있었다.

    셋은 펜션 관리실 앞을 자신들의 집으로 삼고, 그늘 밑에서 낮잠을 자거나 펜션 주변을 산책하는 것을 좋아한다. 어딘가에서 꽃향기를 맡고 있거나, 낙엽 더미 속을 뒹굴기도 한다. 가끔 다람쥐, 매미, 개구리 등을 잡아 와서는 어머니를 놀라게 할 때도 많다.

    코코에게 아빠 고양이의 이름을 그대로 물려준 까닭을 설명하려니 조심스럽다. 원래 키우던 아빠 고양이 코코가 어느 날 홀연히 집을 나가버렸다. 하루, 이틀, 사흘 언젠가 돌아오겠거니 믿으며 기다리고, 때론 펜션 구석구석 불러도 봤지만 돌아오지 않았다. 코코에 대한 그리움을 담아, 코코의 아들에게 그대로 코코라는 이름을 지어줬다.

코코가 돌아오지 않은 이유는 잘 모르겠다. 추측만 할 뿐이다. 별의별 상황을 상상했다. 발을 헛디뎌 계곡에 빠졌거나, 멧돼지나 담비 같은 들짐승을 만났거나, 나는 이제 다 컸으니 독립하겠다며 넓은 세상으로 떠났거나. 여하튼 이건 어디까지나 나의 상상일 뿐이고, 가장 현실적인 이유는 다른 고양이와의 영역 다툼에서 패배한 것이 아닐까 싶다.

우리 펜션 주변에는 두어 마리의 길고양이들이 공생하고 있다. 특히, 그중에서 덩치가 가장 큰 노란 고양이는 이 일대의 대장 격처럼 보였다. 녀석과의 조우는 굉장히 우연했다.

객실을 청소하고 생긴 세탁물들을 세탁실로 가져가던 중, 세탁실의 문이 살짝 열려 있는 것을 발견했다. 아무 생각 없이 활짝 열었더니 세탁기 위에 생판 모르는 노란색 고양이가 자고 있지 뭔가. 나의 놀란 소리에 지레 더 놀란 녀석은 내 다리 사이를 가로질러 찰나에 뒷산 숲속으로 도망쳤다. 아주 잽싸고 날랬다. 길에서 필사적으로 살아온 토박이었는지, 코코보다 덩치도 두 배는 더 커 보였다. 싸움 잘하는 골목대장 분위기를 잔뜩 풍겼다.

예전에 아빠 고양이 코코가 다쳐서 돌아오는 경우가 몇 번 있었다. 몸 어딘가에 생채기 때문에 난 피가 굳어 털이 같이 뭉쳐버린 것을 자주 봤다. 어느 날은 머리에 소위 '땜빵'이라 부르는 상처가 크게 남았다. 털이 얼마나 뽑혀 나갔으면 맨살이 선명하게 드러났다.

필연적으로 골목대장 고양이와 싸웠으리라. 우리 곁을 완전히 떠난 것도 골목대장 고양이와의 영역 싸움에서 패배하고 도망쳤기 때문이 아니었을까. 그리 생각하니 미운 마음이 쉬이 가시질 않았다. 내 기필코 녀석을 멀리 쫓아내 버리겠다고 마음먹었지만, 그 이후로 볼 수 없었다.

이제는 제 아빠만큼 훌쩍 자란 아들 코코와 혹여 홀로 외로울까 데리고 온 동생 모모와 도도가 서로 털을 부대끼며 사이좋게 잠드는 것을 보며 복수심이 희미하게 사그러질 때쯤에야 비로소 골목대장 고양이를 다시 조우할 수 있었다.

어느 날, 아버지가 나를 불렀다. 지난밤 새벽에 녹화된 CCTV 영상을 보여주셨다. 움직이는 물체를 감지하는 우리 펜션 CCTV는 거의 대부분 사람이 활동하는 낮에만 녹화가 된다. 밤중에 녹화가 되는 것은 굉장히 드문 일이다.

화면에서는 두 고양이가 치열하게 싸우고 있었다. 얼핏 보고 모모와 코코가 장난치는 줄 알았지만 아니었다. 골목대장! 그 녀석이었다. 잊으려야 잊을 수 없는 샛노란 털색이 캄캄한 영상 속에서도 두드러지게 빛났다. 펜션 관리실 앞에서 골목대장과 코코가 뒹굴며 싸웠다. 마치 아버지의 복수를 하는 듯이.

하지만 종내에는 코코가 먼저 도망치고 골목대장이 쫓아가는 장면을 마지막으로 CCTV 녹화가 끝났다. 그게 정말 불안했다. 아들 고양이 코코가 이리도 늠름하게 자랐지만, 여전히 골목대장 고양이는 크고 강했다.

지난밤, 코코는 도망쳤지만 다행히 다친 곳 없이 우리에게 돌아왔다. 간밤의 전투로 인한 호승심과 복수심은 온데간데없이 츄르를 갈구하는 눈빛으로 나를 바라볼 뿐이었다. 그게 나를 더 불안하게 했다. 언젠가 말없이 우리 곁을 떠날 수도 있겠다는 생각이 들어서.

마음 한구석에 작은 불안감을 품으며 살던 중, 새벽에 목이 말라 깼다. 새벽 3시였다. 물을 마시러 관리실로 향했다. 어둠 속에서 눈이 적응되자, 어렴풋이 관리실이 보였다. 달빛을 받은 고양이들의 털빛이 은은하게 빛났다.

이상했다. 키우는 고양이는 세 마리인데, 털빛은 네 개가 빛났다. 낯설고도 익숙한 털빛이 하나 더 있었다. 도저히 잊으려야 잊을 수 없는 샛노란 털빛이.

심지어 우리 고양이들은 캣타워 꼭대기에서 골목대장을 멀뚱히 내려다보고 있었고, 녀석은 관리실 문 앞에 있는 자동 급식기에서 사료를 우걱우걱 먹고 있었다. 이미 서열이 공고하게 정리된 듯 당당한 모습이었다.

아주 짧은 순간에 나는, 돌아오지 못한 옛 고양이에 대한 그리움, 아무것도 하지 못하고 바라보기만 하는 우리 고양이들에 대한 측은지심, 사이좋게 지내지 못하고 속 썩이는 골목대장에 대한 야속함, 내가 모르는 질서가 있는 야생에 대한 경외감이 한데 어우러졌다.

순간 이성의 끈을 놔버렸다. 가까이에 낙엽을 쓸 때 사용하는 초록색 빗자루가 눈에 띄었다. 냅다 집어 들고 소리를 지르며 골목대장을 향해 쿵쿵 달렸다. 노란색 털뭉치 하나가 깜짝 놀라며 세탁실에서 만났을 때처럼 잽싸게 숲으로 도망쳤다.

도무지 흥분을 가라앉힐 수 없었던 나는 숲까지 따라갔다. 보이지도 않으면서 빗자루로 풀숲을 마구 찔러댔다. 정말로 맞히려는 잔인한 각오는 절대 아니었고 그저 겁을 주고 싶었다. 그저 각자 알아서 잘 지내자고, 부디 멀리 가서 제발 돌아오지 말라는 나의 최대한의 배려였다.

코코와 모모는 내가 너희들을 위해 오밤중에 정신 나간 사람처럼 애쓰고 있는 걸 아는지 모르는지 순진무구했다. 그저 신나게 풀숲에 뒹구는가 하면, 뭐하냐고 묻는 듯 쉴 새 없이 짹짹거렸다. 저래서 서열이 낮았나 보다.

다행일는지 그 이후로 두 번 다시 골목대장을 본 적이 없었다. CCTV에도 나타나지 않았고, 간밤에 급식기에 든 사료의 양도 줄어들지 않았다. 이따금 캣타워 위의 코코와 모모가 어둠의 저편을 한참이나 응시한다. 나도 긴장하며 어둠 속을 노려보지만, 대부분 날벌레가 원인이었다. 나의 눈먼 매질에 맞아 다친 것은 아니길 바라면서, 큰 덩치와 유능한 싸움 실력으로 멀리서도 멋지게 대장 노릇을 하며 잘 지내길 바랄 뿐이다.

나는 자주 CCTV의 그 장면이 선연히 재생된다. 내게는 전혀 발톱을 세우지 않고, 눈곱을 험하게 떼도 가만히 있고, 심지어 뱃살과 땅콩을 만져도 마냥 좋다고 '가르릉' 소리를 내는 순하디 순한 코코가 전력을 다해 싸우는 모습이 말이다.

　나는 어떤 비밀스런 여집합의 일부를 들춘 기분이었
다. 서열에서 진 것이 부끄러운 일이 아니라 당연한 질서
로 자리 잡는 야생의 경이로움이 낯설었다. 한낱 고양이
의 생애 앞에서 나는 한없이 겸손해진다.

죽음 앞에서 나는
어떤 표정을 하고 있을까

일요일 저녁에 친한 친구의 아버지께서 돌아가셨다는 소식을 접했다. 마음 추스를 새도 없이 월요일 오전에는 가까운 대학 선배의 조모상 알림 문자 메시지를 받았다. 이럴 수도 있구나, 두 차례의 장례식에 어떻게 참석할지 일정을 조율하던 차에 또 다른 친구의 연락을 받았다. 여자친구가 교통사고를 당해 하늘나라로 떠났다며 울먹거렸다. 비록 나와 직접적인 관계가 없는 사람들이지만, 이리도 죽음이 줄지어 찾아오니 슬픔이나 충격보다도 외려 유한한 생에 대한 숭고미가 느껴졌다.

세 차례의 장례식에 참석할 준비를 하면서, 문득 어떤 얼굴을 하고 가야할 지 고민이 됐다. 장례식장에서 유가족들을 만나 인사를 드릴 때 표정을 미리 정하고 연습해야 하지 않을까. 웃거나 경박하면 실례일 것 같고, 슬프거나 엄숙하면 오히려 어색할 것 같다.

누군가의 죽음을 마주하는 나의 얼굴은 어떤 모습을 하고 있을까. 그러고 보니 나는 한 번도 내가 죽음 앞에서 어떤 표정을 짓고 있는지 본 적이 없었다. 어떻게 해야 예쁘게 웃을 수 있는지, 어느 각도로 봐야 가장 잘생겨 보이는지는 여러 번 관찰했으면서 말이다.

사실 정확한 표현으로는 별로 보고 싶지 않다. 사실 이미 어떤 표정인지 알고 있기 때문일 테다. 죽음을 마주 본 사람의 표정이 어떤지 아주 오래전 누군가 덕분에 알게 됐다. 그래서 두렵다. 거울을 마주했을 때, 그에게서 본 표정과 내 표정이 겹칠 것 같아서.

때는 무려 20년도 지난 아주 어릴 때의 이야기다. 내 생에 처음으로 죽음에 관하여 생각해야만 했던 초등학교 2학년 때다. 딱 2000년도의 일이다. 아마 겨울방학이 머지 않은 늦가을의 쌀쌀했던 날로 기억한다. 그날, 가장 좋아하는 친한 친구가 죽었다.

그 아이는 초등학교 2학년 때 나의 하나뿐인 반 친구
였다. 그 당시 나는 친구가 별로 없었다. 보청기를 낀 나
와 대화하기 위해서는 내가 알아들을 때까지, 했던 말도
여러 번 반복해야 하는 무던한 참을성을 요구했기 때문이
다. 산만하고 활달한 초등학교 2학년들에게 그만큼의 참
을성이 있을 리 만무했다. 나와 아이들 사이에는 꽤 먼 심
리적 거리가 있었다.

그 아이는 그 먼 거리를 기어이 다가와서 나와 친구가
되었다. 나와 대화를 이어가려고 이리저리 시도했던 그
아이를 새삼 떠올려 보면 호기심과 도전 정신이 넘치는
아이였던 것 같다. 수업 시간에 질문도 서슴없이 하는 당
찬 성격에, 나 말고도 친구가 참 많았고, 축구를 정말 좋아
하는 아이였던 것이 기억난다.

그 아이는 늦은 저녁에 친구들과 함께 학교 운동장에
축구를 하러 가는 중이었다. 공을 들고 횡단보도를 건너
다 신호를 위반한 차에 치여 교통사고를 당했다고 한다.
어리고 작은 몸을 치고도 수십 미터를 더 나아간 차의 바
퀴에 녀석의 축구공이 매가리 없이 튕겨 나갔다. 그렇게
내 하나뿐이었던 친구는 겨를도 없이 숨이 멈췄다고 한
다.

사고의 순간, 나는 집에서 평온하게 저녁을 먹고 TV에서 틀어주는 디지몬 어드벤처를 보고 있었다. 어디선가 걸려온 전화를 받은 부모님이 갑자기 분주해지며 어두운 계열의 옷으로 갈아입으셨다. 눈시울이 살짝 붉어진 어머니가 내 어깨를 잡으며 또박또박 말했다.

"동희야. 네 친구, 아까 차에 치여서 죽었대. 너무 어려서 화장을 한다는구나. 엄마랑 아빠랑 둘이서만 다녀올게. 동생 잘 보고 있어. 일찍 자고."

고작 아홉 살에게 주변인의 죽음이란 온전히 이해할 수 있는 영역이 아니었다. 엄마, 아빠가 현관문을 나선 순간에도 나는 여전히 디지몬에 몰입하고 있었다. 그때는 어리고 미숙했고, 단지 디지몬 어드벤처가 너무 재미있어서 친구의 죽음이 내 마음을 흔들지 못했다고 생각했다. 오히려 부모님이 없는 틈을 타 늦은 새벽까지 TV를 시청했다.

지금 돌이켜보면, 사실 그날 나는 좋아하는 디지몬 어드벤처를 보면서도 즐겁지 않았다. 밤늦게까지 TV를 본 것은 알 수 없이 자꾸만 두근거리고 터질 것 같은 마음을 외면하기 위한 필사적인 노력이었던 것 같다. 낮에 수업이 끝나고 하교하면서 속셈 학원으로 떠나는 친구와 했던 대화가 자꾸만 떠올랐다.

"야! 우리 오늘 학원 끝나고 축구하기로 했어! 너두 와라!"

"어... 몇 시에?"

"이따 7시에 학교 운동장으로 와!"

"나 엄마한테 허락받아야 돼. 안 될 것 같아."

"아! 제발."

"숙제해야 될 것 같은데..."

"하... 그래라! 마마보이야. 숙제나 실컷 해라! 난 호나우두 빙의해서 오늘 3골 넣을 거다."

"나 마마보이 아니야! 야! 너는 드리블하다가 자빠져라!"

나한테 마마보이라고 욕한 것에 발끈해서 홧김에 자빠지라고 내뱉었지만, 정말로 축구하러 가다가 친구가 죽을 줄은 꿈에도 몰랐다. 마마보이에 발끈하지 말걸... 넘어지라는 저주는 하지 말 걸...설마 내 저주 때문에 죽은 건 아니겠지? 어린 마음에 미치도록 불안했다.

다음 날에 등교를 하고, 수업을 듣고, 집으로 돌아갈 때까지도 친구의 책상은 내내 비어있었다. 아침 조회 시간에 선생님께서 우리 학우 한 명이 먼 길을 떠났다며, 짧게 묵념을 하자는 말씀을 한 것 이외에는 그 어느 날들과 별반 다를 것이 없었다. 세상은 전혀 달라지지 않았고 시간은 무심하게 흘렀다. 그러나 마음 한구석에서는 알 수 없는 텅 빈 느낌이 영 생경했지만 그게 무슨 감정인지 당시로서는 형용할 수 없었다.

며칠 뒤에 친구의 부모님께서 학교에 방문하셨다. 아마도 관련 서류를 작성하고 절차를 밟으러 오신 듯했다. 마지막으로 제 아들이 다니던 반을 둘러보고 싶은 모양이었나 보다. 복도에서 서성거리시다가, 쉬는 시간에 앞문을 열고 담임 선생님께 '동희가 어떤 아이냐'고 여쭈셨나보다. 담임 선생님이 나를 부르셨다. 나는 정말 가고 싶지 않았다. 꾸역꾸역 다가가 친구의 부모님께 엉거주춤 인사를 했다.

"네가 동희구나. ○○이가 네 이야기 참 많이 했단다. 아줌마가 한번 보고 싶었어."

아주머니가 내 머리를 쓰다듬으며 말했다. 아저씨는 따뜻하게 웃고 계셨다. 수줍게 고개를 들어 아주머니를 바라봤다. 친구와 눈매가 똑 닮았던 중년 여성의 슬픈 눈과 마주쳤다. 오래도록 다 울었는지 젖은 눈은 아니었지만, 자식을 잃은 슬픔으로 가득했던 눈이었다. 깊은 곳에서 용솟음치는 알 수 없는 기분이 불편했다. 차마 그 눈을 더 마주할 용기가 나지 않았다. 어색하게 뒷걸음쳐서 자리로 돌아가 책상만 뚫어져라 내려다봤다.

쪽팔리게 친구들 앞에서 울고 싶지 않았다. 좋아하는 디지몬 어드벤처의 장면들을 상상하며 참고 참았다. 집에 도착하자마자 엉엉 울었다. 그날부터 죽음에 대한 나의 정의는 아주머니의 슬픈 눈으로 선명하게 각인됐다. 펑펑 울었다. 사랑하는 친구를 다시는 볼 수 없다는 것이 비로소 슬펐던 것인지, 그 눈동자에 담긴 것이 무엇인지 알 것만 같아서 죄책감에 도망친 것인지, 나조차도 알 수 없는 눈물이 쉴 새 없이 흘렀다.

지금 더욱 미안한 것은 그 친구의 이름이 더 이상 기억나지 않는다. 20년이라는 시간이 까마득하게 길었고, 견딜 수 없이 슬픈 마음에 필사적으로 그 아이로부터 멀리 도망치려고 애썼나보다.

그 때문에 좋은 기억들이 빛바래지고 흐려지고 말았다. 우리가 누군가의 죽음을 어떻게든 견디고 살아갈 수

260

있는 까닭은 오직 사랑의 기억뿐일진대, 어리석은 선택으로 내가 목격한 죽음에는 오직 망각과 비애만이 남고 말았다. 그 아이가 얼마나 서운해 할까. 정말 미안해 죽겠다.

죽음에 대한 나의 첫인상은, 어린 아들을 먼저 떠나보내야만 했던 여자의 슬픈 눈이었다. 그렇게 각인되고 말았다. 누군가의 죽음을 떠올릴 때면 트라우마처럼 그 슬픔 가득했던 눈이 따라온다. 누군가 죽으면 그걸로 끝나지 않는다. 잊혀 지지 않는 슬픈 눈처럼, 이유를 찾을 수 없는 울음처럼, 죽음은 산 사람에게도 다양한 모습으로 두고두고 영향을 끼친다.

죽음은 떼려야 뗄 수 없다. 죽음은 도처에 있다. 우리가 이렇게 대화를 나누는 동안에도 누군가는 죽음의 순간을 맞이하고 있다. 아무리 현실이 죽음과 무관해 보일지라도, 슬픈 소식이 들려올 때마다 나는 내가 죽음에 대하여 한 발짝씩 다가가고 있음을 피부로 느낀다. 언제나 저만치에 있을 것만 같던 죽음은 어느새 성큼 내 곁에 와 있다. 끝내 나는 죽음을 생각하지 않고서는 버틸 수 없게 된다.

세 차례의 장례식을 앞두고, 죽음 앞에서 나는 어떤 표정을 지어야만 하는지 미리 고민해야 했다. 망자를 좋고 따뜻한 마음으로 보내주고 싶어도, 뒤따라오는 어느 눈동자 때문에 자꾸 슬퍼져서 표정이 걷잡을 수 없이 서툴고 엉망스러워진다. 거울을 마주 볼 용기가 도저히 나질 않는다.

밤하늘의
별 같은 하루

나는 항상 책상 오른쪽에 탁상 달력을 둔다. 한눈에 일정을 보기 편하거니와 요즘은 탁상 달력의 디자인이 세련되고 예쁘게 나와서 인테리어 용도로도 탁월하다. 매일 들고 다니는 맥북과 아이폰에도 편리한 캘린더 기능이 있지만, 여전히 아날로그처럼 책상 위의 달력을 자주 애용한다.

몇 년 전에는 탁상 달력을 좀 특별하게 써보고 싶었다. 자기 전에 그날 하루를 돌아보고, 달력 해당 날짜의 빈칸에 그날의 감정에 맞는 색연필을 골라 색칠을 했다. 아주 간단하게 쓰는 일기랄까. 그다지 어려운 일도 귀찮은 일도 아니었기 때문에, 인내심과 끈기가 부족한 나로서는 놀라울 만큼 1년 동안 포기하지 않고 계속 색칠했다.

당시는 육체적, 정신적으로 꽤 고단하고 괴로운 시기였다. 거의 매일 고동색이나 회색, 아니면 검정색으로 색칠했다. 어둡고 칙칙한 색만 칠하다 보면 스스로에게 말을 걸게 된다. 좀 너그러워지면 안 되겠냐고. 적어도 갈색이나 보라색으로 합의를 보면 안 되냐고.

읽기엔 아무 느낌이 없을지 모르겠으나, 매일 달력에 검정색을 칠하는 당사자 입장은 정말 심각하다. 기분이 아주 거지 같다. 매일 검정색이나 칠하려고 숨쉬고 있나 싶고, 날이 갈수록 달력을 보기도 싫어진다.

그럼에도 불구하고, 내가 1년 동안 포기하지 않고 달력을 칠했던 것은 순전히 냉소에서 비롯되었다. 언제까지 검정색을 칠할지 두고 보자는 스스로에 대한 발악이기도 했다.

빨간색, 노란색, 연두색, 하늘색 등의 알록달록하고 밝고 예쁜 색은 어쩌다 한 번씩 칠해졌을 뿐이었다. 그날의 빈칸을 밝은 색으로 칠하게 되면 너무 생소하고 반갑기

그지없었다. 오죽했으면 왜 이 색깔로 칠했는지 따로 메모까지 해뒀다. 그렇게 1년짜리 음울한 달력을 모두 칠하고 난 뒤에는 서랍으로 치워버렸다. 다시는 달력에 색칠놀이 따위는 하지 않았다.

어제 서랍 정리를 하다가 깊숙이 처박아뒀던 그해의 달력을 우연히 꺼내 들었다. 한 달, 한 달, 한 페이지씩 넘기다가 울컥해 버렸다.

너무 아름다웠다. 밤하늘에 수놓아진 별처럼 알록달록한 칸이 칙칙함 속에서 더욱 빛을 발했다. 모든 페이지에 예쁜 별들이 콕콕 박혀 있었다. 메모를 읽지 않아도 이날 무슨 일이 있었는지 전부 기억이 났다. 그와는 별개로 칙칙하게 칠한 날은 도대체 뭐 때문에 그렇게 칠했는지 단 하루도 기억이 나지 않았다.

우리는 외로움이나 고통 따위를 더욱 예민하고 깊게 느낄 수밖에 없는 종이다. 실제로 미국의 심리학자이자 연구가인 트래버 모와드는 실험을 통해 사람이 긍정적인 감정보다 부정적인 감정을 무려 7배나 더 크게 느낀다는 것을 발견했다.

매 순간이 힘들고 고통스럽다고 느꼈는데 돌이켜보고 나니, 이제야 죽고 싶을 만큼 싫었던 그 칙칙한 순간들이 사실 별것 아니었음을 깨달았다. 평생 기억하게 될 단 하나의 눈부신 하루를 위해서라면 기꺼이 무수한 칙칙한 하루들을 살아갈 가치가 충분했다.

그러니 칙칙한 빈칸의 나날들이 반복된다고 하더라도 쉬이 지루해하거나 낙담하지 말아야겠다. 그것들은 우리가 상상하는 것보다 훨씬 별것 아니라는 사실을 잊지 말아야겠다. 알록달록한 색으로 칠해진 하루가 훨씬 귀하다는 사실을, 손에 꼽을 만큼 적지만 그런 알록달록한 하루들이 나를 더 씩씩하게 살도록 만든다는 사실을 반드시 기억해야겠다.

267

감사의 말

'나란히 걷는다'는 말은 생각만으로도 벅차고 따뜻해진다. 나는 이 책을 쓰면서 나와 함께 나란히 걸었던 많은 것들을 떠올렸다. 그리고 내가 그것들에게 얼마나 많은 응원과 위로를 받았고, 얼마나 많은 빚을 지고 있는지 알았다.

톨스토이가 건넨 "사람은 무엇으로 사는가"라는 질문에 많이 부족하지만 나는 이 책으로 대신 대답하려 한다. 앞으로도 나 자신과, 장애와, 사람들과, 세계를 구성하는 크고 작은 주변들과 나란히 걸어가고 싶다. 늘 그랬던 것처럼 씩씩하고 유쾌하게.

원고를 읽어주며 응원과 격려를 아끼지 않았던 가족과 친구 '푸우'와 '제이'에게 고마운 마음이다. 마치 자기 글처럼 꼼꼼하게 원고를 다듬고 살펴주신 편집자 겸 동료작가

강건욱 선생님과, 책을 예쁘게 갈무리해주신 서승연 디자이너님께 감사드린다. 디자인, 인쇄, 유통, 마케팅까지 출판의 많은 부분에서 오랫동안 든든한 지원군이 되어주신 'F83 프로젝트'의 박진우 대표님과 '북크림' 박규동 실장님께도 감사드리고 싶다.

특히 내가 계속해서 나아갈 수 있도록 지지와 응원을 보내주는 독자님께 깊은 연대와 우정의 마음을 보낸다. 허투루 감사하지 않은 이가 없다.

어느 청각장애인은 그 덕분에 용기를 잃지 않고 마음껏 글을 쓴다.

2024년 겨울,
이동희 드림

나란히 걷는다는 것

초판 1쇄 2024년 1월 30일

지은이   이동희
편집   강건욱
디자인   서승연
인쇄   북크림
지원   F83 프로젝트

펴낸이   이동희
펴낸곳   동치미
등록일   2019년 12월 10일 (제 2019-000009호)
주소   경기도 가평군 가평읍 당목가일길 482-31
팩스   0504-407-7708
이메일   dongchimi92@naver.com
인스타그램 @dongchimi_hee

ISBN   979-11-971620-1-5